天使のすむ町

アンジェラ・ジョンソン［作］
冨永 星［訳］

heaven by Angela Johnson

Japanese translation rights arranged with
Simon & Schuster Books for Young Readers
an imprint of Simon & Schuster Children's Publishing Division
through Japan UNI Agency, Inc., Tokyo.

ケヴィンへ

四月二八日

やあ、マーリー、
ぼくはいま、カンザスに向かっている。オクラホマは、もういいかなと思ってね。ぼくとボーイがカンザスにいこうと決めたのは、夢をみたからだ。最近、ほんとうによく夢をみる。

きみは、夢をみるだろうか。

はるかな場所や、そこで暮らす人たちのことを。自分のしてきたことや、するかもしれないことを。

ぼくやボーイの夢を、みるだろうか。

ぼくたちは、きみの夢をみる……。

きみや、川向こうの家に住むきみの家族のことを、夢にみたり考えたりする（ああ、いわれるまえにいっておくが、ボーイがきみの夢をみているのは確かだ。きみからの手紙を読んで聞かせているから、ボーイには、きみが誰《だれ》だかわかっている。進化した犬なんだ）。

ところで、ぼくの夢というのは……。

ピックアップトラックを走らせていると、道ばたに小さな男の子がいて、行く手を指さしていた。トラックを止めて、乗せていってあげようか、とたずねても、ほほえんで首を振《ふ》るだけで、あいかわらず、行く手を指さしている。

さらに進むと、きみときみのママがカンザスと書かれた大きな紙を掲《かか》げていた。ふたりとも、一面にひまわりの柄《がら》が散った丈《たけ》の長いワンピースを着て……。やさしい風が吹《ふ》いて、きみの持っていた紙が飛ばされた（ここで、ボーイに起こされた。おやつがほしかったんだ）。

ほんとうに、きみがそこにいたみたいだった。今月の十五日、きみは夢をみなかったかい？　夢のなかで、カンザスに飛んでいったとか……。

オズの魔法《まほう》使いとひまわりの国が、ぼくを呼んでいる。カンザスに着くのが待ちどおしい。ぼくとボーイが着くころには、きっとひまわりが花盛りだ。

ボーイは、性格を変えることに決めた。ぼくはいまのところ、ボーイの新しい性格がどんなものなのか、チェックしている最中だ。どういうふうに変わったか、すべてがはっきりしたらきみにも教えてあげる（菜食主義者になったことは、わかっているんだがね！）。

オクラホマは、いけどもいけども油田ばかりだ……。

じゃあ、元気で。

ジャックとボーイより

第一部

ヘヴン

天国《ヘヴン》では、うちから電報を打てる店まで一六三七歩。公園の脇《わき》を通り、四軒《けん》の店屋の前を抜《ぬ》けていく。洋服屋が二軒に食料品屋が一軒、喫茶《きっさ》コーナーのある金物屋が一軒。それから通りを渡《わた》って、下水口の鉄格子をぴょんととび越《こ》える（こういう鉄格子のうえに立っていて、雷《かみなり》に打たれた男《ひと》がいたって、まえに聞いたことがある）。おっかない鉄格子から十歩いくと、おばちゃんのミニスーパーがある（おばちゃんのところには、なんでもそろっている……釣《つ》り用の生《い》き餌《え》も置いてある）。

店は毎日、二三時間半開いている。朝、四時一〇分から四時四〇分までの三十分間、おばちゃんは店を閉めてお祈《いの》りをする。すくなくとも、本人はそういっている。ほんとかなってパパにいったら、疑りぶかいやつだ、といわれた。神様を敬う気持ちがたりないって。

これには頭にきた。あたし、去年の冬にはお小遣いをぜんぶ救世軍の鍋《なべ》に入れたのに。パパったら、ときどきまったくのわからずやになる。このあいだも、十四歳《さい》じゃあ人生のことはわからんよなあ、といっていた。なにいってんだか。あたしのことでかんかんになると、パパは首を振《ふ》って、まったくジャックにそっくりだ、とつぶやく。それからその考えを振りはらうように、あたしに向かってほほえむ。いつもそう。

とにかく、おばちゃんの店にいけば、スナックのナチョスでもマニキュアでも、入り用ならリーヴァイスのジーンズでも、夏にはくビーチサンダルでも手に入る。まだ六月の半ばだっていうのに、あたし、もうサンダルを二足もはきつぶしちゃった。

たいがいの人は、ヘヴンなんて退屈《たいくつ》そうな町だと思うかもしれない。でも、あたしみたいな女の子にはぴったりの町だった。ずっとまえからおばちゃんのところに電報を打ちにいかされていたのはなぜなのか。そのほんとうの理由がわかるまではね。

あたしがおばちゃんのところにお使いにいくのは、ほかのみんなみたいにパンやミルクを買うためじゃなく、電報為替《かわせ》でお金を送るため。ひとりで家の外に出てもいいといわれるようになってからはずっと、おばちゃんのところでお金を送ってきた。みんなそうするものだと思っていた。でもそのうちに、こんなことをしている子は、ヘヴンではあたしだけとわかった。

おじさんからのはがき

あたしたちがヘヴンに住んでいるのは、十二年まえに、ママが公園のベンチで「オハイオ州ヘヴン」という消印のある絵はがきを見つけたから。はがきには、雲のあいだをふわふわ漂《ただよ》いながら手を振《ふ》っている人たちの絵が描《か》いてあった。ヘヴン《天国》からこんにちは、と書いてあった。

ママは、わたしは生まれてからこのかたずうっと天国《ヘヴン》を探していたの、といった。それであたしたちは引《ひ》っ越《こ》した。ママと、パパと、バッチーと、あたしと。

パパもちょうど、新しい勤め口を探していた。パパによると、西部はすっかり枯《か》れちゃった。カリフォルニアこそ我らの住処《すみか》、そう考える人が増えすぎた。もう引きあげるころあいだって。

でも、ママにいわせるとこうなる。

「別に、たいした理由はなかったのよ。小さな町で、木がいっぱいあって、子どもたちがそこらじゅう駆《か》けまわっていて。川のそばにはとてもかわいらしいこぢんまりした学校があって。低い垣根《かきね》に囲まれたこの小さな家の真ん前で、乗っていた車がエンストを起こして、あなたがおしっこ！　って叫《さけ》びはじめた。だから、ヘヴンで暮らすことになったの」

パパはこういう。「なんだって？　どうかなあ。一〇年も二〇年も前のことを、覚えてるわけがないだろう？　長時間運転しどおしで、ほとんど目も見えなくなっていたんだ。それに、眠くて眠くて……ええっと、なんの話をしていたんだったかな？」

弟のバッチーは文句をいう。「おれ、お答えマンじゃねえんだぜ」

でも、ママが話してくれたことは、あたしたちがヘヴンにたどり着いたいきさつのほんの出だしにすぎない。一枚のはがきと、えんこした車と、垣根のある家、それは、あたしたちがここに住むようになった理由のほんの一部。

ママがどうして天国《ヘヴン》を探していたのかは、また別の話。みんな、自分に必要だと感じるものを探すんだと思う。そして、自分が必要だと思うもの、ほかの場所でほかの人たちに囲まれた自分を幸せにしてくれそうなものに出くわすの。探していたものが、川べりに小さくてすてきな学校のあるオハイオ州のちっぽけな町で、こっちを待ちかまえていることもある。ヘヴンの町は、あたしたちを待っていた。

事実を全部並べると、つまり、パパの知っている事実とバッチーの知っているちょっぴりを合わせると、あたしたちがヘヴンで暮らすようになったのは、はがきと電報とジャックおじさんのせいらしい。

ほら、ウエスタンユニオンの電報は、どこからでも打てるわけじゃないから。ときには、何マイルもいかないと電報を打てるところがない。車がエンストして電話をかけなくちゃならなくなったパパは、おばちゃんのミニスーパーに入り、電話でレッカー車を手配して、ボローニャソーセージのサンドイッチを買った。そのとき、レジのそばにウエスタンユニオンの看板《かんばん》があるのに気がついた。それから町を見てまわって、一家そろってペットといっしょに暮らすには、おあつらえ向きの場所かもしれない、と思った。

なぜペットかというと、あたしが二歳《さい》から十歳までのあいだに、犬を十二匹とネコを十五匹、ウサギを九羽と鳥を十羽（うち八羽は、ネコに襲《おそ》われたのを手当てした）、トカゲを一匹と、金魚を一〇五匹飼っていたから。

パパにいわせると、動物に関しては、あたしはパパの双子《ふたご》の弟のジャックおじさんにそっくりなんだって。ふわふわしたものか、鱗《うろこ》のあるものか、羽根のあるものがいないと、家っていう感じがしない。わたしは、世界中どこへでもいったことのあるおじさん、手紙とウェスタンユニオンの電報を通してしか知らないおじさんに、似ているの……。

五月八日

マーリー、マーリー、

やあ、ぼくの天使！　ヘヴンでの暮らしは順調かな？

このあいだ送った帽子《ぼうし》が小さかったら、まぬけの大頭のパパさんに伸《の》ばしてもらいなさい。本格的に逆毛を立ててビッグヘアにするのは、まだちょっと早いんじゃないだろうか。といっても、ぼくがはじめてアフロにしたのは、きみくらいのときだったたんだが。また、流行しているのかな？

カンザスはほんとうにすばらしいところだ。なかでも西のほうがいい。きのうの晩は、トラックの屋根のうえで寝《ね》た。ボーイもいっしょだ。ボーイは夜中ずっとしっぽを揺《ゆ》らしていた。宇宙が見えそうな気がした。

ところできみは、プレーリードッグを見たことがあるだろうか。すばしっこい連中でね、ボーイは、夜トラックのうえにすわりこんで、プレーリードッグの声に耳を傾《かたむ》けているだけで、大いに満足している。

カンザスには、すばらしいひまわりがあるんだが、知っているかな。ぼくは、ひまわりが全部咲《さ》きはじめるまで、このあたりにいようかと思っている。

きみにも、見えるだろうか。

何万本ものひまわりが、畑で揺《ゆ》れているんだ。

見えるだろうか？

ひまわりは、丈《たけ》が高くてけだるい。背が高くて、気品がある。ひまわりが黄色いのは、太陽の光を吸いこんでいるからで、真ん中が茶色いのは、あらゆる光線をむさぼって焦げそうになってるからなんだ。

あたり一面、ひまわりばかりだ……

この種を、ボーイが昼寝《ひるね》できそうな場所に、蒔《ま》いておいてくれないかな？

ジャックおじさんとボーイより
（カンザスにて）

おじさんは、いちどもあたしを見たことがない。二、三年前にオハイオにきたことがあるけれど、二日間、誰《だれ》も家にいなかったんだって。バッチーによると、ママとパパにクリーヴランドに引っぱっていかれて、博物館にいったり、花火を見たり、骨付き肉《リブ》のバーベキューを食べたりした、あの週末だったらしい。

あのときバッチーは、ロックの殿堂《でんどう》を見学したあとで、桟橋《さんばし》からエリー湖に落ちた。バッチーは目に見えないギターをかき鳴らしていて、あたしたち三人は笑いすぎて地面にへたりこんでいた。桟橋からバッチーの姿が消えたときには、みんなすっかりあわてたけれど、水のなかをのぞいたら、バッチーはあいかわらずギターを弾《ひ》いていた。波打ち際に泳ぎついて、ママに毛布をかけてもらったあとも、ずっとギターを弾いていた。

いまでは笑い話。

あたしたちは繁華街《はんかがい》にあるホテルに泊まって（名前は覚えていない）、最初の日はほぼ一日じゅう町を歩きまわり、野球チーム、クリーヴランド・インディアンズのＴシャツを着ている人が何人いるか数えていた。

ヘヴンの人も、ふたりいた。ザ・フラッツのバーベキューで骨付き肉を食べていた（川のすぐそばにあるザ・フラッツは、古びた倉庫街だったんだけれど、いまでは芸術家が住みついていて、通りでお祭りが開かれる)。

ママとパパが立ち話をしてるあいだに、あたしとバッチーは「ゾウの耳」という揚《あ》げ菓子《がし》とフレンチフライをたらふく食べた。楽しかった。

とってもいけてるっていう感じじゃないのはわかってる。でも、あたしは家族で出かけるのが好き。楽しいもの。


ジャックおじさんって、どんな人なんだろう。パパは、おじさんといっしょに写っている写真を一枚持っている。ふたりそろっておむつをつけて、年寄り犬を足下に従《したが》え、菜園にすわっている。裏には、一九五〇年、子どもたちとボーイ《ボーイズ》、と書いてある。

パパによると、パパとおじさんはボーイという名前の犬を八匹くらい飼っていたんだって。つまり、ボーイも仲間のひとりだった。あたしたちみたいに。でも、パパの仲間のなかには、まだ自分の立場を知らない人もいた。

影《かげ》の幽霊《ゆうれい》とキャデラック

シューギー・メープルには影のような幽霊が見える。シューギーは、入る学校入る学校全部放りだされて、ヘヴンにきた。去年、校庭の向こうに一家で越《こ》してきた。パール入りの口紅をつけて、カットオフのTシャツを（冬も）着て、どこにいくにも膝《ひざ》まである長靴《ながぐつ》をはいている。そしてたいがいは、あたしといっしょにいる。

シューギーにはじめて会ったのは、おばちゃんの店だった。シューギーは、フローズンドリンクとブリトーを買って、焼き討ちにあった南部の教会再建のための募金缶《ぼきんかん》に、小銭を入れようとしていた。あたしは、ユタ州のどこかにいるジャックおじさん宛《あて》に為替《かわせ》を組んでいて、おばちゃんにトイレを借りられるかなあ、と考えていた。

シューギーは、ブリトーに入っている豆を掘《ほ》りだしては、ビーチサンダルの入れ物のなかに立っている、おばちゃんのネコにあげはじめた。

おばちゃんは、シューギーに向かってにやりとすると、向こうにいって為替《かわせ》の書類を作りはじめた。

あたしは、ネコの頭をかいた。

シューギーがいった。「このネコ、気に入った。恐《こわ》がったりしないで、ねだるもんね。たいがいのネコは、毒でも食べさせられるんじゃないかって顔で、こっちを見るだけなのに」

おばちゃんちのネコはちがう。人の家に押《お》しいって、冷蔵庫を芝生《しばふ》の向こうまで引きずるくらいのことはやりかねない。もし、できるなら。

このあたりでは悪名が高くて、商店街いちばんのねだり屋っていわれている。みんなから餌《えさ》をもらうんで、ひどく太っている。よくもまあサンダルの入れ物に飛びこめたもんだ、というくらい。

シューギーにそういったら、げたげた笑いだして、フローズンドリンクを落としちゃった。

おばちゃんは首を振《ふ》って、ペーパータオルをひと巻きカウンターに置いた。あたしは、シューギーが笑いながら床に落ちたチェリー味のフローズンドリンクを拭《ふ》きとるのを手伝った。そしたらネコが、拭き残しのフローズンドリンクをなめようと喧嘩《けんか》をふっかけたもんだから、あたしたちは、ふたりそろって金切り声をあげて笑いこけた。

結局、全員が外に放りだされた。ネコもいっしょ。あたしたちは、店先のベンチで名乗りあってから、おなかが痛くなるまで笑った。

ひと目でシューギーが気に入った。


とにかく、こうしてあたしたちは知りあった。ふたりが仲良くなって、ずっと友達でいられたのは、シューギーが家族の誰《だれ》とも似ていなくて、うちの家族みんなに似ていたから。

シューギーは、くだらないことをおもしろがる。最悪のタブロイド紙を買って（タブロイド紙って、全部最悪だとおもうけど）エイリアンの誘拐話《ゆうかいばなし》を探す。それからそれについて、ママやパパと何時間も話しつづける。

うちのママやパパは、そういうのが大好き。

シューギーにいわせると、両親には自分のエイリアン理論をわかってもらえないんだって。ふたりして、額にしわを寄せ、つらそうにほほえむ。

メープル一家って、かなり退屈な人たちなんだと思う。

パパは、あまり人様のことを厳しくいうものじゃないっていう。でもあたし、一日中通りの真ん中にすわりこんでシューギーの家族のことをあれこれいっていても、あきないと思う。

メープルさんの一家は、ヘヴンで暮らすには「美しすぎる」。

みんな、頭の形は完璧《かんぺき》だし、歯も完璧。息子がふたりいて、ふたりとも完璧。シューギーのほかに女の子がふたりいて（明日、キャンプに発つ）、この子たちも完璧。それから、店頭のマネキンみたいに誰《だれ》にでもにこにこしている完璧な両親がいて、庭はいつも町でいちばん完璧な状態。

ヘヴンの町は、前庭にピンクのフラミンゴやもこもこしたヒツジがいるような、そんな場所だと思うけど……。

それなのに、メープルさん一家が造園業者を雇《やと》ったんで、センター・ストリートの人たちはすっかりおそれいったっていう感じ。でも、一家に厳しいのは町中であたしだけ。まちがいない。ヘヴンではかなり好き勝手なことをしても、誰もなにもいわないから。

それにしても、家族が近くにいるときのシューギーのふるまいといったら……。

二、三か月前の三月にも、こんなことがあった。シューギーとあたしが、シューギーの家の前庭にある木の枝にぶら下がっていたら、メープルさん一家が新車で乗りつけた。

シューギーは小声でぼやいた。「また、あんなもん買って」

そして、宙返りして木から降りると、ポケットに手を突っこみ、長靴《ながぐつ》を踏《ふ》みしめて、車の前に立ちふさがった。

あたしは木の枝からぶら下がったまま、大きくて、とってもかっこいい新車だなあ、と思っていた。あの車も、うちのでか車みたいにこの地方の石油の半分を使っちゃうんだろうなあって。そのとき、シューギーが新車のフロントグリルを蹴《け》とばした。通りを大またに遠ざかっていく。

メープル家の完璧な頭が六つ、くるりと振《ふ》りむいて、シューギーの後ろ姿を見つめていた。

これには驚《おどろ》いた。びっくりして、ちょっと心配になった。シューギーは、どうしてくだらない車のことで、あんなにかんかんになったんだろう。

キャデラックを蹴とばした二日後、シューギーは、あたしのパパの後ろに影《かげ》のような幽霊《ゆうれい》がいる、といいはじめた。ちょっと見ただけだと、目が変になってなにもかもが二重に見えているような感じ。でも……しばらくじっと見ていると、暖かい光を放つ影が見えはじめる。パパの後ろにくっついている。

どんな影なのか、シューギーからなんどもなんども聞かされたけれど、あたしには見えたためしがなかった。それでシューギーはずいぶんいらだった。幽霊《ゆうれい》なんか、見えたことなかったのに。ヘヴン《天国》なんて名前の町に、住んだりするからだよ。

だからあたしは、年中そんな長靴《ながぐつ》をはいて、体が熱を持ちすぎてるせいだよって、いってやった。

パパの後ろに影《かげ》のような幽霊が見えたからといって、シューギーは緑色のキャデラックを憎《にく》むのをやめようとはしなかった。ある朝のこと。あたしはキャデラックの座席にすわり、メープルさんはすぐそばで、車をながめてにこにこしていた。車のなかは飛行機みたいで、座席は、まえにニューメキシコにいったときにいちどだけ入りこんだことのある、ファーストクラスの座席よりもすわり心地がよかった。

メープルさんがいった。「あの子は、ほんとうにきれいだ」

あたしはうなずいて、座席を自動で後ろに倒《たお》しながら、庭の向こうのシューギーを見た。あのときのシューギーの目つきったら、あたしが子犬でも溺《おぼ》れさせようとしているみたいだった。やんなっちゃう！　ヘヴンには、自動リクライニングシートのある車を持ってる人はあんまりいない。だからよけいに、シューギーはあの車が嫌《きら》いなんだ。絶対そう。ここへヴンにはあんな車はあるべきじゃないと思っている。上品な自分の家族も、ここにいるべきじゃないって。

「ねえマーリー、あんた八歳《さい》のとき、なにしてた？」

シューギーとあたしはすべり台にすわりこんで、小さい子たちに通せんぼをしていた。

「どうかなあ。バッチーの気に障《さわ》るようなことをしてたんじゃない？　二年生になるところだったと思うよ」

シューギーは、やけどでもしたみたいに突然すべり台から脚《あし》をあげた。長靴《ながぐつ》を脱《ぬ》いですべり台の下に放り投げ、遊んでいる小さな子たちに意地の悪い視線を送る。あたしの長靴に、さわるんじゃないよ！

シューギーがいった。「あたしね、八つのとき、ビューティー・コンテストに出てたんだ」

「ビューティー・コンテスト？」

「うん。悪い？」

シューギーは立ちあがると、頭のうえに本でも載《の》せているみたいに背筋をしゃんと伸《の》ばして、すべり台をのぼったり降りたりした。パール入りの口紅が、日の光にきらきら光る。

シューギーは、パール入りの口紅を引き出しにいっぱい持っている。

「こんなふうに歩いてたの。それかこんなふうにね」

シューギーは腰《こし》に手をあてて、すべり台のうえを気取ったふうにのぼったり降りたりした。笑顔を作って、公園にいる子どもに誰彼《だれかれ》なく投げキスする。すべり台のうえを歩く姿は、カットオフジーンズにTシャツじゃなく、夜会服でも着ているみたいだった。それであたしは、気づいた。――変わりばえのしないウールの帽子《ぼうし》をかぶって、プラスチックの黒いサングラスをかけていても、シューギー・メープルは美人だ。

いまのところ、あたしはシューギーの家族を信用していない。あんなに完璧《かんぺき》だなんて、どこか変。

そして思った。シューギーはなぜきれいでいるのをやめて、キャデラックを憎《にく》みはじめたんだろう。

ジャックおじさんは、電報為替《かわせ》を受けとるときに合い言葉をいうことにした。そういうのが好みで、そのほうがうまくいくんだって。写真のついた身分証をポケットに入れて歩きまわるのは、性に合わない。財布も、数えきれないくらいたくさんなくしたんだって（食堂のカウンターに置き忘れたり、トイレに忘れたり）。それで、一週間のそれぞれの曜日に特別な言葉をあてはめることにした。電報為替の送られた曜日によって合い言葉が決まっていて、為替を受けとるときにその言葉をいう。写真のついた運転免許証《めんきょしょう》なんかいらない。

月曜日　犠牲《ぎせい》
火曜日　真実
水曜日　力
木曜日　美
金曜日　命
土曜日　記憶《きおく》
日曜日　従順

これが合い言葉。

あたし、六つのときにはもうこの合い言葉を暗記していた。意味がわからない言葉は、ママが説明してくれた。

あのころ、ミニスーパーのおばちゃんは、あたしのことをどう思っていたんだろう。この子に電報為替《かわせ》を送らせてやってくださいというパパのメモや、合い言葉を暗唱《あんしょう》するあたしのことを。あたしはつま先だって、レジの隣《となり》の固いあめ玉を見ていた。おばちゃんが忘れずに一個くれるといいな、と思いながら。おばちゃんは、絶対に忘れなかった。

おじさんの合い言葉。

おじさんについて知っていることといったら、それだけ。手紙と、おじさんが自分の一部としてあたしたちに託《たく》した合い言葉と。

ミニスーパーを出てから、外の壁《かべ》に寄りかかり、ジャックおじさんのことを想像してみたこともある。タイミングよく目を閉じると、おじさんの姿が見える。

寂《さび》しい田舎道で紙切れになにかを書いてる大人のおじさん。それでなければ、野菜や兄弟や年寄り犬に囲まれて写真に収まってる輪郭《りんかく》のぼやけた赤ちゃん。

でもたいがいは、ただの影《かげ》だった。

アーミッシュの村へ

ボビー・モリスの車が故障《こしょう》していなくて、赤ちゃんのフェザーが目を覚ましていて機嫌《きげん》がいいと、アーミッシュの村に出かけることがある。

あたしのお気に入りの場所のひとつ。

ボビーは前に、ペンシルバニア州がなければ、ブルックリンまでたった四十分でいけるのに、といっていた。天国《ヘヴン》で暮らしながら、なじみの場所や人をたずねられるのに。

ぼくはいつも、自分がアーミッシュみたいな気がしているんだ、とボビーはいう。誰《だれ》からも遠く離れたところにいて、みんなとはちがうペースで動きまわっているような。でも、アーミッシュの人には同じアーミッシュの人たちがいる。そしてボビーには、フェザーがいる。

シュ－ギーやあたしにとって、ボビーやフェザーといっしょにアーミッシュみたいな気分になってすごすのは、いつだって楽しい。ヘヴンに住んでるだけじゃたりないっていうときはね。州道六〇八号線沿いには青々とした草が生《お》い茂《しげ》り、車のなかでは、チャイルドシートにすわったフェザーがラジオにあわせて歌をうたっている。ミドルフィールドの村に入ると、すぐにわかる。ボビーが決まってラジオを切って、窓を開けるから。刈《か》りとられた牧草と、農家の庭と、馬のいい匂《にお》い……。

ボビーは、「キャンバス」という店の二階に住んでいる。「キャンバス」は額縁屋《がくぶちや》だけど、ヘヴンでどうやってやっていけてるのかはわからない。でも、店はずっとまえからある。とにかく、ボビーがまえに住んでいた家の隣《となり》の自動車修理工場より、「キャンバス」のほうがずっといい。静かだし、バイク乗りが夜中の一時半にやってきてビールを飲んだり、エンジンを吹《ふ》かしたりすることもない。

このまえの冬、ボビーはおばちゃんの店にベビーシッター募集《ぼしゅう》のポスターを貼《は》った。ポスターには、

信頼できる、赤ん坊《ぼう》好きの人を求む。要身元保証。交通費支給。

「ユー・アー・マイ・サンシャイン」がうたえて、
セサミ・ストリートが好きな人。

とあった。

紫色《むらさきいろ》の地に、おむつをしたフェザーのスケッチが描《か》かれていた。ボビーによると、応募《おうぼ》したのはあたしとトルーディーという女の人だけだった（その人は煙突《えんとつ》みたいにぷかぷかとたばこをふかして、週四回、午前中にプロ・レーン・アリーのボーリング場でボーリングをするんだけど、フェザーはうるさいのは嫌《きら》いか、とボビーにたずねた）。

あたしは、休みに入った二週目から、フェザーのお守りをはじめた。

すぐに夢中になった。はじめて会ったとき、ボビーはフェザーを抱《だ》いたまま、ピースサインであたしを迎《むか》えた。ふたりのいる部屋の壁《かべ》はすべて、ポスターと同じ紫色だった。フェザーは絵の通り小さくて、ほやほやの髪《かみ》にキャラメル色の肌《はだ》をしていた。羽根《フェザー》みたい。フェザーのママとボビーは、フェザーをはじめて見たときに、この名前に決めたんだと思う。

紫の壁に囲まれていると、なんだかくつろげた。シューギーも、ボビーやフェザーに会おうと玄関《げんかん》を入ってきたときに、そう感じたっていっていた。ママに頼《たの》まれて、あたしについてきたの。ボビーが誘拐犯《ゆうかいはん》だといけないから。

ボビーは、そういう人。壁《かべ》を紫《むらさき》に塗《ぬ》っているくせに、いつだって単純で飾《かざ》らないのがいちばん、という。だから、六〇八号線が気に入っている。匂《にお》いも景色も。

単純で、気取りがないから。


「フェザーは、ルバーブパイが大の好物なんだ」ボビーがいう。

フェザーは、ほらこのとおり、とでもいうように、パイをひと切れ、丸ごと口に押《お》しこもうとする。パイをほおばりながら、まわりの雌牛《めうし》に「ネコタン」とか「ワンワン」と呼びかける。

「そうみたいね」シューギーはそういうと、長靴《ながぐつ》についたブルーベリーをぬぐい、草のうえに寝《ね》ころんだ。

見渡《みわた》すかぎり、あるのは草と納屋ばかり。あたしたちは、百年くらいほったらかしにされていそうな古い納屋のそばの、お気に入りの原っぱにすわっていた。納屋には、牛の餌《えさ》になりそうなものは全然入っていなくて、こんど雨が降ったら倒《たお》れそう。

オハイオじゅうの家具店が、古い納屋を買いとって、廃材《はいざい》でチェストやテーブルや本棚《ほんだな》を作っている。どれもみんな、「納屋の木材を再利用」とうたっている。

オハイオ州には崩《くず》れかけた納屋が、このあたりのすべての家の家具をまかなえるくらいたくさんある。

ボビーは自分の指をなめ、それからフェザーの指をなめた。——フェザーがボビーの口に指を突っこんだから、なめるしかなかった。フェザーはそのままボビーの体を乗《の》り越《こ》えて、数本のタンポポ目ざしてはっていった。

ボビーがぼやいた。「あの子ときたら、ルバーブパイと同じくらいタンポポが好きなんだ」

あたしたちが見ていると、フェザーはパンツ型のおむつにバター色のタンポポを隠《かく》した。

パイを食べ終えると、ボビーがいった。「あの子は、母親似なんだ」

「フェザーのママも、花を食べた？」あたしがたずねた。

ボビーは、ずり落ちかけたメガネを押《お》しあげてほほえんだ。「いいや。でも、花みたいな人だった」それから、世界中に赤ん坊《ぼう》はフェザーだけ、というような目でフェザーを見た。ママもときどき、あたしやバッチーをあんな目で見ている。でもボビーは、フェザーのママのことはなにもいわない。

家族のほかに、あたしの大好きな人がふたりいて、ふたりとも秘密《ひみつ》を持っているけれど、あたしは秘密を聞きだそうとは思わない。ママにいわせると、それがあたしの欠点。もっと関心を持つべきなんだって。みんな、自分のことをあれこれたずねてもらいたいものなのよ、とママはいう。その人たちがどういうふうにしていまみたいになったのか、知ろうとしなくちゃ。シューギーとボビーを見ていると、そんなことはどうでもいいような気がする。だって、昔のことがわかったからといって、いまのことが説明できるとはかぎらないもの。

シューギーは、ヘヴンに越《こ》してくるまで自分がなにをしていたのか、ちらりちらりとヒントをもらす。でも、ボビーはなにもいわない。ヘヴンに住んでるのは、ここで生まれ育った人か、そうでなければ、それまでのことを忘れて一からはじめようと移り住んできた人のような気がする。

道の向こうで、紺色《こんいろ》の服を着たアーミッシュの女の人が四人、芝刈《しばか》り機を押《お》して、庭の芝を刈っている。ワンピースを着て、黒いストッキングをはいて、白い縁《ふち》なし帽《ぼう》をかぶって、いったりきたり、芝を刈っている。あたしたちがそろってじっと見ているのに、あたしたちがいることにさえ気づいていないみたい。フェザーまでが、タンポポ摘《つ》みをやめた。遠くで雌牛《めうし》がモーと鳴くと、ボビーは手を伸《の》ばして、フェザーを抱《だ》きあげようとした。

フェザーはボビーの腕《うで》をすりぬけ、小さな脚《あし》を精いっぱい動かして駆《か》けだした。ころんで、起きあがって、なにかを指さして、また走りだす。指の先には、芝を刈っている女の人たちがいた。

手動式の芝刈《しばか》り機の音が、暖かい六月の夕暮れにこだまする。あとは、ときおり雌牛《めうし》の鳴き声や、道を行きすぎる車の音がするだけ。

ほとんど完璧《かんぺき》。

フェザーは走るのをやめて向きなおると、自分のパパを指さした。ボビーは、フェザーまで十歩のところにいた。

ボビーがいう。「まるで、映画みたいだ。ほんとうに完璧だ」

フェザーが、タンポポを口に入れていう。「カンペキ」

おじさんからの手紙

五月二四日
マーリー、
昨日、男の人に会ってね、その人のお父さんは、一九〇〇年代のはじめにカウボーイをしていたというんだ。その人が四歳《さい》のときに、馬に乗っていて事故で亡《な》くなった。その人によると、お父さんのことでいちばんよく覚えてるのは、声の響《ひび》きだそうだ。
想像できるだろうか。百年まえの声を覚えているなんて。
お父さんの姿形は思いだせないけれど、はじめて馬に乗せてあげようといわれたときの声や、名前をどうつづるか教えてくれたときの声は覚えているという。
昨日、湖のほとりにすわって、亡くなった人たちの声を思いだせるかどうかやってみた。いやあ、驚いたよ。いくつかの、正確には、ふたつの声が聞こえた。

ベトナムで、ぼくを川から引きずりあげてくれた命の恩人《おんじん》の声を思いだしたんだ。見ず知らずの男の人だった。その人は、ほかの人を助けようと川に戻《もど》る途中《とちゅう》で死んだ。すべて、うまくいくから。そういいつづけていた声を思いだした。その人は、「だいじょうぶ、だいじょうぶだからな」とくりかえしていた。

そんなわけで、またあの声が聞こえはじめたんだ。三十年もまえのことなのに。

きみには想像できるだろうか。三十年という年月を。

いまのきみには、二十年という年月だって想像できるかどうか。ぼくがきみくらいのころは、想像できなかった。自分が二十歳《さい》になるなんて、思ってもみなかったから。でもあの声とともに、そういうすべてのことがよみがえってきた。

ヘヴンでの暮らしはどうなんだろう。きみの家族に、変わりはないだろうか。

きみが送ってくれた写真、気に入ったよ。雌牛《めうし》のいる原っぱでの友達の写真。あれは、雌牛だよね？　きみの友達は、きっとおもしろい人たちなんだろうな。ぼくも、お近づきになりたいものだ。

あのなかのだれかが、祖先の霊《れい》を敬ってるってことはないかな。こんなことをきくのも、あの赤ん坊《ぼう》が、もう世の中のことをようく知っている、という顔つきだったからなんだ。とても老成した表情をしている。

　老成といえば、ボーイも歳《とし》をとってきたような気がする。動きが鈍《にぶ》くなったわけじゃない。人や動物を見るときの様子が、若い犬とはちがってきた、というだけなんだが。関わりあいになるまえに、相手や状況《じょうきょう》について判断を下しているようだ。

　つまりその、ぼくはこれまでボーイが世間を信用するように仕込《しこ》んできた。ずっとそれでうまくいっていたんだ。ところが最近、ぼくを見るボーイの目つきといったら、まるで二歳《さい》の赤ん坊を見るようでね。ここはわたしにまかせておきなさいと、いわんばかりだ。

　人生というのは、そういうもんなんだな。

　最近、ちょくちょく考える。ぼくもそろそろ身を落ちつかせようか、二、三か月ごとにあちこちを転々とするのはもうやめようか、とね（パパには内緒《ないしょ》だよ）。このあいだ、とても幸せそうな家族を見かけた。その一家は、道ばたにすわってアイスクリームを食べていた。敷物《しきもの》を引っぱりだして、止めた車の脇《わき》に陣取《じんど》り、ピクニックをしていた。

　一家そろって笑ったり、行きかう車に手を振《ふ》ったりして、いかにものんびりとすごしていた。それで思ったんだ。ぼくとボーイは、毎日ああいうことをやっているんだなって。自分の家、自分が日々暮らす家、自分で買ってきた物を据《す》えつけた家に帰るというのは、どういう気持ちなんだろう。自分の大好きな物と、自分の大好きな人たちに囲まれて。

とにかく、それできみたちのことを考えた。そして、手紙を書くことにした。ボーイはちょっとよそよそしいし……。

そうそう、このあいだの手紙に書いてあった質問の返事を書いておこう。

ぼくが送ったあの写真の恐竜《きょうりゅう》は、ホットドッグスタンドだ。おいしい店だ。アリゾナには、まるまるひとつの町が恐竜やなにかであんなふうに飾《かざ》られているところがある。一見の価値はある。小さな子は、もうめろめろだ。すっかり舞《ま》いあがってしまう。

それと、はい。ぼくはギターが上手だ。写真うつりがいいだけでなく、ちゃんと弾《ひ》くこともできる。パパは、あいかわらずギターを弾いているんだろうか。いっしょに習ったんだが、いつもパパのほうがうまかった。

それと、もうひとつ、はい。そのうちにヘヴンにふらっと姿を現して、みんなを驚《おどろ》かせるつもりだ。ほんとうに楽しみだ。人生に、嬉《うれ》しい不意打ちはそうそうないから……。

だから、突然訪《たず》ねる。せめて、ふたたび玄関《げんかん》を出ていくまでは、きみにぼくを覚えておいてほしいから。

パパとママと弟くんと、きみが大事に思ってる人たちみんなによろしく。

ジャックおじさんと、

ボーイより

ヒッチハイク

きのう、ボビーは町から四マイルくらいのところで、男の人を拾った。

ママは、「こんなご時世に赤の他人を車に乗せるなんて、まあ、とんでもない」といった。

そして、子どもには想像もできないことが起こるんですからね、みたいなことをつぶやいた。

でもそれからにっこり笑うと、あたしにウインクした。

「ヒッチハイクは、しないでね?」

あたしも、ママに向かってにっこりした。

ヒッチハイク。

ヘヴンに住んでいる人のほとんどが、この町の外の人は多かれ少なかれ悪人だ、と思っている。町の外で誰《だれ》がなにをしようと、たいがいの人は気にしない。でも、町に引《ひ》っ越《こ》してきて腰《こし》をすえるとなると、よほどの事情がないかぎり、ヘヴンの人たちの前では悪いことができなくなる。

　それであたしは、フェザーを乗せた乳母車を押《お》して、公園に向かって歩道を歩きながら、考えていた。あたしが仲良くしてる人たちは、ヘヴンにやってきてまだ一年もたっていない。それなのに、みんなヘヴンにしっくりなじんでいる。シューギーやボビーがいなくちゃやっていけないくらいなのに、お隣《となり》さんでもない。

　ふたりとも、ヒッチハイクして国立歴史博物館にいって動物の剥製《はくせい》を見たり、ショッピングセンターにいって買い物をするようなタイプ。

　あたしはフェザーを乳母車から降ろして、赤ちゃん用のブランコのそばの砂場に連れていった。フェザーはまず両手に砂を握《にぎ》って、それを頭からかぶった。あたしは、砂場にいるほかの子たちの髪《かみ》の毛が、やっぱり砂だらけなのに気づいて、目に入りさえしなければだいじょうぶだな、と思った。

　それで、砂場のすぐそばにすわりこみ、モンタナのことが書いてある本を読んだ。

「かわいい赤ちゃんね」

　あたしは顔をあげ、近くのベンチにすわっている女の人に向かってほほえんだ。

「ええ、とっても」

「ベビーシッターさん？」

「はい」

「ほかの赤ちゃんの面倒《めんどう》も、みているの？」

「いいえ。あのう、ベビーシッターを探してるんですか？」

女の人は肩《かた》をすくめ、砂場のほうに手を振《ふ》った。ちょうど、男の子がひとり、立ちあがって、体中からものすごい量の砂を振りおとしたところだった。男の子はこっちに駆《か》けてきて、女の人によりかかった。

女の人は、着ている青いスーツが砂だらけになっても、気にしていないようだった。ぼんやりとほほえみながら、男の子の背中をなでている。そのうちに男の子は、またよちよちとほかの子のほうにいってしまった。

あたしは、三十秒ごとに顔をあげて、フェザーが無事かどうか確かめた。モンタナの女の人といっしょに凍《こご》え死《じ》にしそうになるころ、帰る時間になった。青い服を着た女の人は、とっくに男の子を連れてどこかにいっていた。

もう公園で本を読むのはやめよう、とあたしは思った。本に目をやっている数秒のあいだに、フェザーが通りに出て、店を襲《おそ》ったりするかもしれない。そんなの、ボビーは喜びそうにない。だいたい、親って神経質なものだから。

ママやパパやまるで知らない人たちを見ていれば、わかる。子どもが貴重な宝石か、爆弾《ばくだん》だとでも思っているみたい。子どもをおくるみにくるんで自分のそばに置いておいたほうがいいのか、まわりに迷惑《めいわく》をかけないようにだけ気をつけて、慎重《しんちょう》に見守っていたほうがいいのか、決めかねているんだと思う。

ボビーは、赤ちゃんを柔《やわ》らかい毛布かなんかでくるんでっていう感じだけれど……。

フェザーは飛ぶのが好き。だからあたしはフェザーを乳母車にくくりつけ、まわりに枕《まくら》を詰《つ》めて、飼料工場の隣《となり》のひとけのない駐車場を猛烈《もうれつ》な勢いで走りまわる。フェザーはそれが大好き。けたたましく笑っては、頭をのけぞらせて手をたたく。

フェザーをあたしの家に連れて帰って、いっしょにお昼を食べる。フェザーの食べ物は、あらかた服についてしまう。テレビでかたっぱしからコマーシャルを見る。フェザーは、音楽の流れるコマーシャルが大好き。

家の前でボビーの車が止まるころには、ふたりでたっぷりコマーシャルを見て、前庭のタンポポを取りつくしていた。八つの空《あ》き瓶《びん》を、タンポポでいっぱいにした。

フェザーはボビーに気がつくと、腕《うで》をばたばたさせた。ボビーはフェザーを抱《だ》きあげて、匂《にお》いをかいで頭のてっぺんにキスし、にっこりした。

「今日は、いい子にしてた？」

「いい子にしてたよ。おしゃべりしてたみたい」

「なんていってた？」

あたしは、瓶いっぱいのタンポポをボビーに渡《わた》した。ボビーの匂いはいい匂い。塗料《とりょう》とオレンジの匂い。

「ん？　ただの赤ちゃん言葉」

ボビーはフェザーを抱きよせ、タンポポを顔に近づけた。それであたしにも、ふたりが似ているのがわかった。フェザーはまだ赤ちゃん顔で、この先どう変わるかわからないけれど、でも、口元と耳はボビーにそっくり。

フェザーはあたしのほうを向き、乳歯を見せてにっこりすると、ボビーのシャツに顔を押《お》しつけて、ことんと寝入《ねい》った。

フェザーとボビーを見ているうちに、パパといっしょに車を洗っている自分の姿が目に浮《う》かんだ。三歳《さい》くらいだったと思う。手伝っているんじゃなく、めちゃくちゃにしているだけだった。でも、パパはにこにこするだけで、すすぎ終わったところにあたしが石けんをなすりつけても、止めようとしなかった。

にこにこしながら、車をすすいでいるだけだった……。

ボビーに、またヒッチハイクの人を拾ったの、とたずねた。

ボビーは車に向かいながら、肩越《かたご》しに答えた。「今日は拾わなかった。でも、ヘヴンではなにが起こるかわからないからね」

第二部

暗い炎《ほのお》

南部で教会が焼き討ちにあっている。パパは、六十年代のはじめのころを思いだすなあ、という。「ミシシッピ」とつぶやくと、裏庭に出て、大きなカエデの古木のそばにあるローンチェアに腰《こし》を下《お》ろし、コオロギの声に耳をすます。

なにかに耐《た》えなければならないときの、パパの癖《くせ》。

コオロギの声に、耳をすます。

先週、ママはあたしに、アラバマであなたが赤ちゃんだったころパパと通っていた教会が焼き討ちにあったようよ、といった。燃えあがる教会をニュースで見たんだって。そして、なにかいいたそうにこっちを見たけれど、なにもいわなかった。その教会に、自分もいったことがあるとはいわなかった。変だなあ、とあたしは思った。

バッチーとあたしはテレビの前にすわって、またひとつ、教会が炎《ほのお》に包まれて倒《たお》れていくのを見ていた。千マイル離れたところにすわっていても感じられる、テレビを消したあともずっと感じていそうな炎。そして、自分たちの教会が燃え落ちていくのをじっと見ている人たちの表情。教会は、夜空を赤々と焦《こ》がして燃え、朝になっても暗くくすぶりつづける。

バッチーがあたしに体を寄せた。「ここらでは、教会を焼き討ちにしたり、しないよね」

あたしはなにもいわなかった。バッチーの顔を見れば、火事をひどく怖《こわ》がっているのがわかる。バッチーはパパみたいに、のろのろと台所の裏口に向かった。あとには、あたしとママとテレビが残った。

ママは足を組んで、テレビの画面に向かってガムをぱちんといわせた。その気になれば、じっとにらみつけるだけで、相手を震《ふる》えあがらせることができる。

「いつの世にも、頭の変な人間がいるもんなのねえ」

ママは、脚《あし》を前後に揺《ゆ》らしはじめた。かんかんになったときの癖。それをのぞけば、ママが動揺《どうよう》しているなんてわからない。ママの脚が、ぶらぶら揺れている。

「でも、どうしていまごろになって教会なのかしらねえ」ママが、数学の問題を解こうとするように、つぶやいた。あたしはママをじっと見た。ほんとは知ってるんでしょ。知ってるはずだよね。でも、たずねることはできなかった。きけば答えてくれるんだろうけれど、自分がそこまで知りたいのかどうか、よくわからなかった。ただ、あたしは世の中についてあんまりよく知らないいんだな、と感じていた。

エセル・グラブスキさんがうちの郵便受けに郵便を入れるのは、毎日一時半。郵便袋を肩《かた》から下げ、時計より正確に、がっちりしたウォーキングシューズをはいて歩道をやってくる。エセルは、あたしが覚えているかぎりずっと、うちに郵便を届《とど》けている。背丈《せたけ》は一メートル五十センチくらいで、髪《かみ》を高く結いあげて。いつもにこにこしていて、真っ赤な口紅をつけている。「血のような紅海」という名前なんだって。あたしに郵便を渡《わた》すと、エセルは大またに隣《となり》の家に向かった。

パパ宛《あて》に二通、ママ宛に二通、それからママとパパ気付のモナ・フロイド宛に一通、手紙がきていた。あたしは、電話口でドライクリーニングのことを話しているママに郵便を渡すと、リビングを抜《ぬ》け、自分の部屋に向かった。

ママの口からは、いちどもモナ・フロイドという名前を聞いた覚えがない。こういうことがあると、パパのいう「知りたがりや」になっちゃう。うちに届《とど》いた手紙の名前と住所は、なるべく見るようにしている（たいていは、ほかの人のプライバシーにみだりに立ちいっちゃいけないと思っているけれど、これだけは別）。

なにげなく、いつもと同じことをしただけなのに、なにかが変わってしまって、もう二度と同じようにはできなくなることがある。このときもそう。自分が誰《だれ》なのか疑うこともなく自分の部屋に向かったのは、これが最後だった。

・

まえにボビーに、フェザーがほんとうに自分の子で、自分の血をひいていて、世界でいちばん自分に近い人間だって知っているのは、どんな気持ち？　と聞いたことがある。

ボビーはいった。そりゃあ、フェザーがぼくの血をひいていることは大事なことだよ。でもね、みんな血のことを騒《さわ》ぎすぎる。まったく、大騒ぎしすぎだ。

そういいながら、ボビーはフェザーの手を握《にぎ》って、キスしようとした。

ボビーは、いつもこういうことをいう。そういうタイプなの。なぜかわからないけれど、あたしにはボビーが心からそう思っているんだってわかった。フェザーの手にキスしているあいだも、そう思ってるんだって。

二時間たっても、あたしはあいかわらずモナ・フロイドや燃え落ちた教会のことを考えていた。アラバマの消印があるあの手紙は、焼き討ちをその目で見た人からの手紙なのかな。知人の知人の、という具合に六人たどれば世界中のどんな人にもたどりつけるっていう話があるけれど……みんな、けっこう近い間柄《あいだがら》なんだ。

あたしは、ベッドの脇《わき》に体を半分乗りだして、テレビの音に耳をすましていた。ニュースキャスターが、なんという悲劇《ひげき》だ、教会を焼き討ちするなんて、とくりかえしている。どうやら模倣犯《もほうはん》によるものもあるらしい、といっている。

そんな考えなしなこと、いっちゃいけない。どんな理由があろうと、なにかに火を放つだけでも最低なことなのに、いい考えだというんで焼き討ちがくりかえされるなんてこと、考えちゃいけない。

窓から、いい匂《にお》いのする風が吹《ふ》きこんできた。スイカズラの香り。薄手《うすで》のカーテンが頭のうえをふわふわと漂《ただよ》い、いまにもうたた寝《ね》しそう。ママがいっていた。あたしは小さいころ、よくカーテンと闘《たたか》っていたんだって。

あたしはベッドにしゃんと起きあがり、眠《ねむ》るまいとした。うたた寝って、大きくならないとできない気がする。そんなことを考えながら、スイカズラの香りをかぎ、なめらかですすべしたカーテンに顔をなでられてるうちに、ふっと気が遠のいた。

夢をみたのかもしれないけれど、なにも覚えていない。夏の心地よいひと眠り。うたた寝から目を覚ましたときの感じが、とても好き。まだ一日は終わっていなくて、ママとパパがしゃべっている声がして、アイスクリーム売りの車が通りを近づいてくるのが聞こえる。ママとパパの声を聞いているうちに、また寝入りそうになった。そのとき、パパが大きな声を出した。

そのまま横になっていると、スクリーンドアが閉まる音が聞こえた。窓の外を見ると、パパの隣《となり》にママがすわっている。手に紙切れを持っていた。パパの肩《かた》に頭をもたせかけて、目を閉じている。じきに、風に紙切れをさらわれた。パパは立ちあがって紙切れを拾い、目を通してから、ゆっくりとあたしの部屋の窓を見あげた。

あたしはパパに手を振《ふ》って、窓に背を向けると、パパってほんとに背が高い、紙切れを拾おうとかがんだところはおかしかったなあ、と思った。

嵐《あらし》

太陽の光が、じりじりと焼けつくよう。ママが部屋に入ってきて、ベッドのあたしの隣《となり》に寝《ね》転《ころ》がった。脚《あし》が、ベッドからはみだしてたれている。

「暗くなるまで、この部屋にこもっているつもり？」

「いい気持ちでうたた寝して、だいぶまえに目が覚めてたの。起きたくなかっただけ。ここにいると、とってもいい香りがするんだもん」

「それは、いつものことでしょ」

あたしはごろりと横を向いて、ママの顔を見た。

パパにいわせると、ママの顔は古典的。つまりね、とママはいう。醜《みにく》くもなければ美しくもなく、飽《あ》きがこないっていうことよ。飽きがこないっていい。あたしも、ママみたいに古典的な顔になりたい。

シューギーは美人だ。バッチーもハンサム。別に、妬《や》いているわけじゃない。あたしはこれで満足。いい顔をしてるから。

あたしはママの頬《ほお》のあたりに手を触《ふ》れて、ほつれ毛をひと房《ふさ》耳にかけた。ママはあたしをじっと見て、ほほえんだ。

それから跳《は》ねおきて、戸口に向かった。「さあ、起きて。もう夕飯の時間よ」

あたしは、ドアに向かうママを見ていた。それから、あおむけになった。ママは、ドアのところで立ちどまって、なにかいいたそうに口を開いたけれど、なにもいわなかった。あたしは、一瞬《いっしゅん》ちょっと怖《こわ》くなった。でもママはにっこりすると、静かに部屋を出ていった。カーテンがまた、あたしの顔にかかった。

嵐《あらし》のせいじゃないし、帰ってくるはずのバッチーが帰ってこなかったからでもない（バッチーはあたしよりふたつ年下で、背はあたしより一〇センチ高い。チームスポーツが大嫌《だいきら》いで、学校に関することもすべて嫌い。コンピュータの前にすわって宇宙物理のウェブサイトをチェックして、中学校の駐車場《ちゅうしゃじょう》で友達とスケボーをしていられれば、それで満足なんだって）。それに、パパがグリルで魚を焼いているのを忘れて、焦《こ》がしちゃったからでもない。すべてのせい。

日が沈《しず》んでもいないのに、空が暗くなりはじめた。

ママとパパとあたしは、結局外のピクニックテーブルでホットドッグを食べることになった。そのころには、誰《だれ》もにこりともしなくなっていた。ママは、あたしのほうをちらちら盗《ぬす》み見ていて、パパなんかは、あたしを見ているのを隠《かく》そうともしなかった。

あたしはとうとううんざりして、薬味やオニオンをほおばったまま、ママとパパに向かってあかんべえをした。たいがいは、これでうまくいく。ママは行儀《ぎょうぎ》が悪いといってあたしを叱《しか》り、パパは首を振《ふ》って、舌《した》はちゃんと口のなかにしまっておきなさい、という。

でもきょうは、誰もなにもいわなかった。

ふたりして、フライドポテトを口に詰《つ》めこんで、黙々《もくもく》と食べつづけている。

「ボビーがなにしてるか、ちょっと見にいってこようかな？」あたしはいった。

「やめなさい」とパパがいう。

「どうして？」

「嵐《あらし》になりそうだ」

そういいながら、パパは顔をあげた。それであたしも、空が妙《みょう》に黄色くなっているのに気づいた。

「嵐になるまえに戻《もど》ってくる。ね、必ず戻るから」

席を立とうとすると、ママがテーブル越《ご》しに手を伸《の》ばして、あたしの腕《うで》をつかんだ。

「だめといったでしょう」

あたしは腰《こし》をおろし、小さな声で「ちぇっ」といった。

「なんですって？」

「なんでもない」あたしは黄色い空を見あげてから、横目でママとパパを見た。

嵐のせいだけじゃない。


でも、いまこうして地下室にいるのは、嵐のせい。風がローンチェアを倒《たお》したり、家のまわりの茂《しげ》みに吹《ふ》きつけたりしている。

ラジオが、ミドルフィールドあたりにトルネードのじょうご雲が発生したといっている。あたしは心配になった。アーミッシュの人たちは、ラジオを持っていないかもしれない。なにが起ころうとしてるのか、知らないかもしれない。そんなのひどい。それなのに、あたしにはどうすることもできない。

あたしは、パパの隣《となり》にすわっていた。大きくて楽ちんで、詰《つ》め物がはみだしているソファ。詰め物がなくなったり、脚《あし》がなくなったりした家具は、全部地下のこの遊戯《ゆうぎ》室《しつ》に運びこまれる。あたしはここが大好き。なにもかもが居心地よく、こぢんまりしている。

ママはビーンバッグにすわって、体を精一杯《せいいっぱい》ラジオのそばに寄せている。ボリュームを上げたり下げたりできるほうが、気が楽みたい。バッチーのことを考えているのがわかる。トルネードのあいだじゅう気をもませてくれたお礼に、どうやってとっちめるか。その方法をあれこれ考えている。

あたしは、そんなことは考えたくなくて、眠《ねむ》りこんだ。

パパがあたしを起こした。外で稲妻《いなづま》が光っている。地下室のガラスブロックでできた窓の向こうに、光が見える。眠りこむまえよりもっと眠かったけれど、なにかが変だとわかった。

ママはビーンバッグから降りて、パパとふたりであたしをはさむようにソファに腰《こし》かけた。それであたしは、ママにもたれかかった。嵐《あらし》になると、「ちいさな蜘蛛《くも》さん」という歌のことしか考えられなくなる。頭のなかで、くりかえし歌が流れる。

パパがいった。「マーリー、ママもわたしも、きみに話したいことがあるんだ」

あらあら雨が降ってきて、蜘蛛を流してしまいました。

あらあら雨が降ってきて、蜘蛛を流してしまいました。


あとになって、ボビーがまえにいっていたことを思いだした。

――アーミッシュの人たちは、トルネードの襲来《しゅうらい》を自然が教えてくれると信じているんだ。あの人たちは、自分たちを取りまく空気を信じ、家畜《かちく》のふるまいを信じている。木の葉が飛ぶ様子や、雲の動きや、大気の感じをよく観察している。ラジオのアナウンサーがぼくたちに教えてくれることを、自然が教えてくれると信じているんだ。――

そういう信念って、好きだな。

あたしだって、そんなふうに自然を信じられたはずなのに。

いまごろになってわかった。どこに気をつけていれば、この先危険というしるしを見のがさずにすむか。これからは、見のがさない。

時

男の人がいて、その人は地球上に生き残った人間は自分ひとりだと思っている。そんな映画がある。でもその人は、人がたくさんいたときと同じように暮らしつづける。なにひとつ変えようとしない。暮らしを変えたら、あたりを見まわさなくちゃいけなくなって、なぜみんなが死んじゃったのか、そのほんとうの理由がわかってしまうとでもいうように。

その映画が放映されるときは、必ず見ることにしている。そしていつも、その人が気の毒になる。毎回、毎回。

きのうの晩、ママとパパは何度もいった。もっと早くあなたに話すべきだったって。ほんとうのことをいわなかった人たちの決まり文句。この先、誰《だれ》かになにかいいたくなったら、あたしはその場でいう。そのほうが楽だし、あとになって考えなくてもすむ。

おかしなの。教会の焼き討ちのことやあの手紙のことが、あたしの頭を離れない。なにかも、エセルが昨日手紙を配達したときにはじまったような気がする。でも、たぶんずっとまえに始まっていたんだと思う。

郵便番号〇〇一二七
オハイオ州、ヘヴン
リバービューロード　三四番地
ルーシー・キャロル様、ケヴィン・キャロル様

キャロルご夫妻様、
アラバマにお住まいの遠縁《とおえん》の方から、おふたりのご住所をうかがいました。ご親切にも、牧師である我が妻アンナ・メイジャーに、住所を教えてくださったのです。

おふたりに、悲しい事実をお知らせせねばなりません。ここ南部の多くの信徒がじっと堪《た》えてきた悲しい知らせです。

先週、我がファーストミッション教会が焼き討ちにあいました。わたくしたちみなにとって、いまはたいへんに暗い時代です。

まだひどく混乱してはおりますが、ただいま、損傷《そんしょう》のはげしい教会書類をもういちど作り直す作業を進めております。残念なことに、おふたりの姪御《めいご》さんであるモナ・フロイドさんの洗礼記録も、ひどい損傷を受けました。つきましては、証明書の原本の鮮明《せんめい》なコピーをお送りいただければ、幸甚《こうじん》に存じます。モナさんのご母堂クリスティーンさんはすでにみまかり、御尊父ジャック・レイモンド・キャロルさんがどこにおられるかも存じあげません。もしやおふたりがモナさんの洗礼記録をお持ちなのではと思い、お手紙いたした次第です。

洗礼や結婚《けっこん》などの実際の日付につきましては、幸いにも、二〇年来妻がつけてまいりました日記を見れば、わかります。出火当時、日記は自宅に置いてあったのです。

どうかご助力いただけますよう。

おふたりに神のご加護を。

一九九六年七月二〇日

助祭
ジェームズ・デヴィッド・メイジャー拝

というわけ。

ママとパパはあたしに手紙を見せて、すべてを打ちあけた。アラバマよりずっと北のオハイオにいるのに、熱い炎《ほのお》が瞬《また》いて、あたしをあぶるのを感じた。


もう地下室を出てもだいじょうぶということになって、あたしは階段をあがり、まったくはじめての家に足を踏《ふ》みいれた。まえと同じものは、なにひとつなかった。あたしにはもう、居場所がなかった。

頭をぶつけて、すべての記憶《きおく》を失った人みたいだった。でも記憶喪失《そうしつ》とはちがって、以前のできごとがたえず心に浮《う》かんでは消えていく。写真や家具から、昔のことが次々に飛びだしてくる。

二年前の夏のことをちらっと思いだした。ママやバッチーと水かけっこをしたときのこと。

一瞬《いっしゅん》、パパの姿を思いだした。家のペンキを塗《ぬ》っているときに梯子《はしご》から落ちて、茂みをペンキだらけにしたときのこと。

小さいころのあたしが見えた。パパといっしょに車を洗っていて、パパはにこにこしている……。

もうどれひとつ、あたしの思い出じゃない。

ママとパパはあたしの手をとり、目に涙《なみだ》を浮《う》かべて、悲しそうに小さな声で話しつづけた。ふたりのいうことはまちがっていなかったし、話しかたも正しいんだと思う。

あたしは自分の手をじっと見て、くりかえし考えていた。ママの手にそっくりだと思っていたのに。たぶんそっくりなんだろうけれど、ママといっても別のママで、その人は南部のアラバマ州の赤く冷たい土の下に埋《う》められている。

なにひとつ変えようとしなかった男の人の映画を、いますぐ観たい。ビデオで借りられるんじゃないかな。

たぶんあの人には、どういうことなのかはじめからわかってたんだ。

あたしは、時を理解できないなんてかわいそうな人、と思っていた。時は過ぎ去るものなのに、あの男の人は立ちどまったまま。過ぎ去った時と場所にしがみついている。時はいつだって、はるかに過ぎ去ってしまうものなのに。

あたしには、あの男の人のしてることがわからなかった。変化が訪れて、自分が望んでもいないところに連れていかれてしまうことがあるなんて、知らなかった……。

もっとたくさんの影《かげ》みたいな幽霊《ゆうれい》

あれから二週間になるけれど、まだ泣けない。

川沿いを歩いていて、思った。シューギーがパパ、だかおじさんだか知らないけれど、あの人のまわりに見たっていう影は、生《い》き霊《りょう》だ。どういうことになるか知っていて、あの人にくっついてまわっていたんだ。あの人がしたことを罰《ばっ》するために、もうじき明るみに出るはずのことで罰するために、ついてまわっていた。

ただの、影のような幽霊じゃなかったんだ。


「スパゲッティ、食べる？」

シューギーの家の壁《かべ》は全部クリーム色で、どこもリンゴの香りがする。清潔で新鮮《しんせん》。あたしたちが現れて料理をはじめるまで、キッチンは光り輝《かがや》いていた。どの部屋も、シューギーが足を踏《ふ》みいれるまでは、光り輝いているみたい。

メープル夫人《さん》は白いテニスウェアを着て、人形のようにほほえんでいた。完璧《かんぺき》な髪型《かみがた》。

あたしが、うんとうなずいて、ほほえんでいるメープルさんをしげしげと見ていると、シューギーがビン入りのスパゲッティソースをカウンターの上にひっくりかえした。

シューギーは「やったあ！」と叫《さけ》んで、カウンターにさらにソースをなすりつけた。

メープルさんは、シューギーの頭のてっぺんにキスして、テニスラケットを手に、にこやかにキッチンを出ていった。

あたしはいった。「あんたのママ、いい人だね」

シューギーは、ソースまみれのひじをなめた。

「うん、ほんっといい人。ずっといい人だったし、これからもずっといい人」

「別に、悪いことじゃないんじゃない？」ほんとにそう思った。

シューギーは、パール色の唇《くちびる》をゆがめて、笑った。

おばちゃんのミニスーパーの先の、バイクショップにつづく通りを渡《わた》ったところに、ちょっとした小路がある。町役場は、小路を塀《へい》で囲ってベンチや花を置いた。町の子は、まわりの塀に好きなだけ落書きをしていいことになっている。さぞ汚《きたな》いだろうと思うかもしれないけれど、そんなことはない。ヘヴンでいちばんきれいな場所だと思う。

塀は、月にいちど塗《ぬ》りなおされる。

町を出てすぐの陸橋に、みんながスプレーペイントで落書きするものだから、町役場は、陸橋ではなくここに落書きしてくれれば、と思った。ねらいはほぼ当たり。いまも陸橋に落書きする人はいるけれど、もう、一生懸命描《か》いたという感じじゃない。

ボビーは左側の塀のそばに立ち、刷毛《はけ》を動かしていた。フェザーはその足下にすわって、ばぶばぶいいながら水玉模様の靴下《くつした》を脱《ぬ》ごうとしている。

あたしがフェザーを抱きあげてベンチに連れていっても、ボビーはふりかえろうとしなかった。フェザーの産毛は、甘い匂《にお》いがする。

「ねえボビー、スプレーペイントを使おうって思ったこと、ないの?」

ボビーの褐色《かっしょく》の脚《あし》はペンキまみれで、どこからが暗いカーキ色の短パンなのかもわからない。おどけた感じになるからといって、サファリ帽《ぼう》みたいなのをかぶっている。たしかに笑える。

ボビーがいった。「缶《かん》から吹《ふ》きだすペンキを、うまく調節できないんだ」

「やったこと、あるの？」

「ああ、あるよ」ボビーは声を立てて笑うと、ふりむいて向かいの塀《へい》に目をやり、それからあたしとフェザーを見た。「おかげで、ブルックリンで捕《つか》まった。ぼくはとろいから、ああいうタイプのアートには向かないんだ」

「とってもひどかった？」

「なにが？　捕まったこと？　それとも、ぼくの落書きのこと？」

フェザーはあたしの髪《かみ》を引っぱって、下に降りようとした。虫を捕まえたいらしい。あたしは、したいようにさせた。

「捕まったこと。あたしだったら、気が変になっちゃうな」

ボビーは、手を止めてふりむいた。そしてにっこりすると、またペンキを塗りはじめた。「ほんとうに、気が変になるかと思ったよ。フェザーをお隣《となり》さんに預けていたんだけど、そのお隣さんが、ぼくが時間通りに引き取りにこなければ即警察《けいさつ》に電話っていうタイプでね。さんざんな目にあった」

「そういうことって、あるよね」

ボビーはそれ以上なにもいわず、あたしはボビーをじっと見ていた。壁はもう、半分以上黒く塗《ぬ》りなおされていた。町にまかせておく気はないんだ。

あたしは地べたにしゃがむと、フェザーといっしょにはいまわった。あたしがボビーと話しているすきに、フェザーはなにかを口のなかに入れていた。口を開けさせようとすると、にっと笑ってしっかり口を閉じた。

フェザーはあたしの手から逃《のが》れようと、せっせとはいはじめた。そしてこっちをふりかえると、なにかおかしなことをいおうとするときのボビーにそっくりな顔で、あたしを見た。

それであたしは思いだした。自分の手をながめて、あらためてママの手とはちがうんだって感じたっけ。

あたしとママのあいだは、ボビーとフェザーみたいにシンプルにはいかないんだ。

そう思ったら、泣けてきた。

念には念を

ボビーの腕《うで》はたくましい。ボビーはその腕で、あたしをじいっと抱《だ》きしめる。フェザーはあたしの足に抱きついて、すこしよだれをたらしている。ボビーには昨日、すべてを話した。そうしたら、スープを作ってくれた。

いま、ボビーはくりかえしている。「今日のことだけを、考えるんだ。今日のことだけ」

ボビーは、依存症《いぞんしょう》から立ち直るための十二段階プログラムを受けていたことがある。それで、いつもその日のこと、目の前のことだけを考えるようにしている。ぼくたちがいてもいなくても、どうせ明日はくるんだから、くよくよしてもしようがない、とボビーはいう。

だからあたしも、そうしてみる……。

今日のことだけを考える。トイレに閉じこもっていたら、バッチーがあたしを引っぱりだそうとトイレのドアをたたきつづけたことや、あたしがトイレの窓から抜けだして、後ろから忍《しの》びよったときの、バッチーの驚《おどろ》いた顔のことだけを。それか、ママがあたしと話をしたいといって、パパも「そうしたら」といったのに、あたしがひとこと「なにいってんのよ！」といって立ち去ったときのこと。それだけを考える。

今日、川岸を歩いていて、父さんのこと、ジャックのことを考えたっけ。

とにかく、今日のこととボビーの腕《うで》のことだけを考えるようにしなくちゃ……。

ほら、とボビーがいう。

まだうんと小さいころに、おもちゃを落としちゃったときのこと、覚えてるだろ？　そしたら、誰《だれ》かがおもちゃを拾ってくれた。わあい！　泣き叫《さけ》んだら飛んできてくれる、あのすてきな女の人じゃないか。あれ、こんどは、抱《だ》きあげて高い高いをしてくれたり、女の人が眉《まゆ》をひそめるようなものを食べさせてくれる、あのおもしろい男の人だ！

そのうちに、その人たちがどういう人なのかわかってくる。

きみがどんな人間なのか、その人たちにはわかってるんだなって、そう思うのさ。

ばかなことをしでかすと、そのあと始末をしてくれる。きみは子どもで、その人たちが親なんだ。

「でもどっちにしても」とボビーはいう。「親だってばかやってるってことは、いずればれるんだけどね」

「ねえ、そんなの笑えない」

するとボビーは、あたしをもっと強く抱きしめた。

「うん、笑えないな」

ぎゅっと抱きしめられて、息がつまって……あたしは笑いだした。笑って笑って、とうとう小路にあおむけにひっくりかえった。

黒い塀《へい》が、青空に向かってトンネルのように伸《の》びている。

フェザーがボビーのほうにはっていく。もうひと息というところで、ひんやりした砂の上で丸くなり、眠《ねむ》ってしまった。

「あたし、あの人たち、大きらい」

ボビーは、ペンキのはねがついたシャツを脱《ぬ》いで、フェザーにかけた。

「物心ついてからずっと大好きだった人たちを嫌《きら》うのは、難しいことだろうなあ」

あたしは立ちあがって、黒く光る塀《へい》に近づいた。ボビーは、またペンキを塗《ぬ》りはじめていた。ゆっくり着実に塗っていく。気長に、マイペースでやるつもりなんだ。まえに、一枚の絵を描《か》くのに一年かけたって聞いたことがある。十二回くらいやりなおして、結局、その絵をどこかにやるしかなかった。

あたしは、黒い塀によりかかった。

「かっこいい塀だね」

ボビーは、もういちど小さな声でいった。「大好きだった人を嫌うのは、難しいことだろうなあ……」

あたしは壁《かべ》に向きなおった。「物心ついてからずっと、大好きだったのに」

ボビーはフェザーを抱《だ》きあげた。フェザーは眠《ねむ》りつづけている。

あたしは、フェザーを抱いてるボビーを見て、もういくことにした。

「じゃあ、またね」ボビーがいう。

あたしは小路を駆《か》けぬけて、おばちゃんの店に向かった。

サイズのちがう紫色《むらさきいろ》のビーチサンダルを三つ買って、明るい日射しの下に出た。

一足は、シューギーの家に持っていった。双子《ふたご》の弟たちがいて、行儀《ぎょうぎ》よく、シューギーは釣《つ》りにいってるから、帰ってきたら渡《わた》します、といった。

「釣り？」

双子は「うん、釣りだよ」といってにっこりした。

ボビーのサンダルは、ボビーの家のドアの前に置いておいた。階段にすわりこんで、しばらく「キャンバス」の店に出入りする人たちを眺《なが》めていた。日が暮れてきたので、帰ることにした。

ママは、表の庭で土いじりをしていた。あたしが歩道を歩いてくるのに気づくと、園芸用の手袋を脱いで手を振《ふ》った。「ねえ、マーリー。ちょっと話さない？」

あたしはママの真ん前で立ちどまった。でも、なにもいわない。もう、話すことなんかない。

ママとパパはおじさんとおばさんで、ジャックが……。

なにも、いう必要ない。あたしの目を見れば、ママにもわかるはず。

ママは立ちあがり、両手を腰《こし》にあてた。そんなふうに立ってるママの姿を、これまでさんざん目にしてきたはずなのに、はじめて見たような気がする。この先、どれだけたくさんのことが、はじめてみたいに思えるんだろう。あたしは、すたすたと玄関《げんかん》に向かった。

ママはあたしを引きとめなかった。

家に入ってバッチーを探しまわり、ようやくママとパパの寝室《しんしつ》のクローゼットのなかにいるのを見つけた。寝室に入ったときは、足しか見えなかった。セーターの山のなかに頭をつっこんで、ごそごそやっている。いつもはきちんとたたんで重ねてあるセーターが、そこらじゅうに散らかっている。

あたしはベッドにすわって、バッチーの探し物が終わるのを待った。

セーターの山がなだれ落ち、金属製の箱を手にしたバッチーが姿を現した。ママやパパが大事な書類をしまっておく箱だ。顔をあげたバッチーは、ようやくあたしに気づいた。

「なにやってるの？」

バッチーは箱を開けて、書類を一枚ずつ見ていった。探していたものを見つけると、しばらくそれをながめていた。そして箱に戻《もど》すと、箱をクローゼットにぐいと押しこんだ。ベッドに飛びのり、あたしの隣《となり》にすわる。

「なに、探してたの」

バッチーはあたしの肩《かた》に腕《うで》をまわして、クローゼットを見た。「ちょっと、確かめとこうかなって思って」

「あの人たちの子かどうか?」

バッチーはすっと立ちあがると、戸口に向かった。

「うん。だろうとは思ったんだけどね。念には念ってこともあるだろ?」

あたしは、ぐちゃぐちゃになったクローゼットのなかに目をやると、ママとパパの寝室を出た。今日のことだけを考えるようにした。

夢

　あたしはよく、夜、窓から魔女《まじょ》が入ってくる夢をみた。魔女はベッドに近づいて、あたしを捕《つか》まえて、ほうきの後ろに乗せる。階段を舞《ま》い降りて、あたしを連れて玄関から出ようとする。毎回、悲鳴をあげているところで目が覚めるのに、じっさいには声は出ていなかった。それでも、ベッドのそばには決まってパパが膝《ひざ》をついていて、魔女はいっちゃったよ、とあたしにいう。

　パパにはわかるんだって。いちど、ママに話しているのが聞こえた。いつ目を覚ましてあたしのところにきたらいいか、ちゃんとわかるんだって。大きくなって、魔女の夢をみなくなって、ほんとうに嬉《うれ》しかった。パパに階下《した》に連れていってもらって、ピーナツバターをひとさじなめさせてもらえなくなったのは、残念だったけれど。

また、あんなふうにしてもらいたい。夢はもういらないけど。お前は、ジャックおじさん宛《あて》の手紙によく夢のことを書いた。するとおじさんは、世界中のあらゆる夢を説明できる本を持っている、と返事をくれた。すごいなあって思った。いい夢も悪い夢も、全部説明できるなんて……。

水辺が近くなると、水の匂《にお》いがする。それにどの建物も、海岸の小さな掘《ほ》っ建《た》て小屋みたい。もうじき、エリー湖に着く。

ふりかえって後ろの席を見ると、シューギーはフェザーに炭酸飲料を飲ませながら、ラジオから流れているオペラの曲に合わせて、調子はずれな歌をうたっていた。

ボビーは、頭のなかのビートに合わせてリズムをとりながら、ほかの車をどんどん前に割りこませる。湖のほとりのメンター・オン・ザ・レイクの町に着くころには、百万台くらい割りこませていたと思う。ボビーのいう忍耐修行《にんたいしゅぎょう》の「禅《ぜん》」運転に、あたしたちはみんな慣れっこだ。

浜辺でいちばん混《こ》みあったそうぞうしい場所を探して、そこに敷物《しきもの》を広げた。汗《あせ》で体のべたついた小さな子どもたちが、砂のうえを夢中になって駆《か》けている。浜辺のあちこちから、七つくらいのラジオ局の放送が、バラバラに流れてくる。日焼け止めや粉末飲料や色とりどりのアイスボックスを見ているうちに、あたしは、どうしてまえからここにくるのが大好きだったのかを、思いだした。

あんまり長いこと移動を続けているものだから、ぼくもボーイも、ピックアップトラックの一部になったような気分だ。

ボーイはフロントシートに背筋を伸《の》ばしてすわり、道ばたの雌牛《めうし》に向かってかたっぱしから吠《ほ》えている。雌牛や馬に吠えかかり、十マイルほど手前のところでは、食堂の駐車場《ちゅうしゃじょう》に止まっているトラックの、荷台に満杯《まんぱい》の鶏《にわとり》にも吠えていた。相棒がほしかったんだろう。意地悪したくて吠えたわけじゃない。

この道を、もう何日も走りつづけているような気がする。丘などないし、それをいえば、丘の上にありそうなものもほとんど見あたらない。

ところが突然、道の左側に降ってわいたように大きな湖が現れた。ビーチパラソルがあって、小さな子どもたちが走りまわっている。親のいうことなど、聞いちゃいないんだろう。いたるところに子どもがいる。ボーイはもう夢中だ。

こうなったら、車を止めるしかない。

「イヌ、立ち入り禁止」という標識はどこにもなかったので、水辺にすわって物音に耳を傾け、記憶《きおく》の糸をたぐった。

ずいぶんまえに、ふたりで赤ん坊《ぼう》を幌《ほろ》つきのかごに入れて、浜辺に連れていったことがある。赤ん坊はとても小さかった。とてつもなく大きな帽子《ぼうし》をかぶってすわっていた女の人が、人形とまちがえたくらいだ。

いまでも覚えている。ぼくが赤ん坊の小さな足を砂でおおうと、赤ん坊は笑った。笑顔らしい笑顔は、それがはじめてだった。

いまでも思いだす。ぼくたちが赤ん坊を暖かい海水につけると、赤ん坊は嬉《うれ》しそうにきゃっきゃと声を立てた。水は温かく、空はどこまでも青かった。

ぼくにはわかった。この娘《こ》はこれからもずっと、水が大好きなはずだ。

きっといまごろオハイオでは……。

シューギーとボビーは、ピクニックシートのうえでトランプをしている。あたしはフェザーを水辺に連れていった。

フェザーを小さな浅瀬《あさせ》に立たせていると、次の瞬間《しゅんかん》、あたしは夢のなかにいて、赤ちゃんになっていた。空はもっと青く、水はもっと温かくて……。

第三部

美人

シューギーがいっていた。ビューティー・コンテストの舞台《ぶたい》のうえで、五百人の人たちを前に、突然金切り声をあげて泣きだしたことがあるんだって。

シューギーのママがすわる席は、いつも決まっていた。右側の後ろから四列目。なるたけその席を取るようにして、すでにすわっている人がいるときは、席を譲《ゆず》ってもらった。

ママは必ずその席にすわっている。シューギーはそう思っていた。

でも、コンテストの特技部門が始まって、ステージに出て歌をうたおうとしたら、ママの姿が見あたらない。シューギーは棒立ちになって、あちこち見まわした。最後には、探すのをあきらめて、舞台にすわりこんで泣きだした。六歳《さい》のときだった。

そのあとも一、二回コンテストに出たけれど、ある日、キッチンで太ももにフォークを突き刺《さ》してるところを、ママに見つかった。その次は、髪《かみ》の毛を全部爪《つめ》切《き》りで切った。二時間ぐらいかかったんだって。ママは、シューギーが昼寝《ひるね》をしていると思いこんでいた。

あたしには、自分が突然金切り声をあげたくなるなんて、思えない。

でも最近は、急に頭が痛くなって、全身がこわばって、バラバラになりそうな気がすることがある。

それに、ドアをたたきつけるように閉めることが多くなった。ママはまだなにもいわないけれど、いいたそうなのはわかる。

ジャックのことを考えようとすると、ますます頭が痛くなる。シューギーに両親のことを話し、いまどんな気分かを話したら、じゃあ頭をすっきりさせたげる、といわれた。

ふたりで町の給水塔《きゅうすいとう》のタンクの外側の通路にすわり、縁《ふち》から足をたらしてぶらぶらさせる。下には、緑の樹冠《じゅかん》や送電線が見えている。シューギーは、「捨てばちパック」から抜《ぬ》いてきたたばこに火をつける。捨てばちパックっていうのは、シューギーのママが、気が変になりそうなときのためにガレージに置いているたばこのこと。一年前にたばこをやめたんだけど、必要なときにすぐたばこをくわえられるとわかってないと、だめなんだって。

それを聞いて、あたしはメープルさんがすこし好きになった。あの人も、そんなに完璧《かんぺき》じゃないんだ。

あたしはいった。「たばこを吸うのも、高校に乗りこんでいって、運動部の選手の汗《あせ》くさい靴《くつ》下《した》に火をつけて吸いこむのも、同じなんじゃないの？」

シューギーは声を立てて笑うと、二、三度たばこをふかした。「あのさあ、ジャックおじさんっていうか、あんたのパパっていうか、どっちでもいいんだけど、その人のこと、なんか覚えてる？」

あたしは、樹冠《じゅかん》の向こうに目をやった。「なんにも覚えてない。二、三日まえ湖にいったときに、夢でみたような気がしたけど。でも、それってほんとに起こったことじゃないし」

あたしがそれ以上なにもいわなかったので、シューギーも黙《だま》っていた。そこがいいんだよね。シューギーがなにもいわないと、たいていの人は嫌《いや》がる。シューギーが静かにしてるのは、なにかとんでもないことをしでかす前触《まえぶ》れだから。

「ここから飛び降りたら、どうなるかなあ。あの木のてっぺんまで、飛べると思う？　古ぼけた町役場のそばの」

あたしは、シューギーが指さしているほうを見てうなずいた。

「飛ぶんだったら、たばこは持ってってね」

シューギーはたばこの火を消すと、立ちあがってわめきはじめた。

「やだ！　静かにしてよ。見つかっちゃうじゃない」

それでもシューギーはわめくのをやめず、あたしははじめて、シューギーの太ももに、深い傷があるのに気づいた。長靴《ながぐつ》のすぐ上のあたり。あたしは、木々の向こう、電線の向こう、頭上をいく飛行機のそのまた向こう、ヘヴンのはるか向こうめがけてわめきつづけるシューギーを、じっと見ていた。

シューギーはわめくのをやめて、こっちを見た。「あんた、ほえたくない？　自分をめちゃくちゃにした連中に向かって、ほえるの」

あたしは首を横に振《ふ》った。「かわりにほえといて」

それで、シューギーはほえた……。


給水タンクを取りまくように、赤い灯りがともった。シューギーは、サンドイッチをひと切れとりだして、あたしに半分くれた。

すわってサンドイッチを食べながら、木の間越《ご》しに、ヘヴンに灯りがともっていくのを見ていた。

あたしは、タンクに書かれた「ヘヴン」という文字の最初の「ヘ」によりかかった。

「小さいころはね、ジャックおじさんのところにいっていっしょに住みたいって、ずうっと思ってたんだ」

シューギーがいった。「おじさんの生活って、かっこよさそうだもんね。絶対一か所に長居しないしさ。ピックアップトラックで寝泊まりして、犬といっしょにあちこちいって。犬の名前、なんていうんだっけ」

「ボーイ」

「男の子《ボーイ》?」

「うん。ジャックとパパは、ボーイっていう名前の犬をたくさん飼ってたの。犬の名前はボーイって決まってた」

「いまからでも、いっしょに住めるんじゃない?」

「あのさあ、別の嘘《うそ》つきのところにいっていっしょに住もうだなんて、思うわけないでしょ。それじゃあ、いまと変わらない。やっぱり嘘つきと暮らすことになるんだよ」

シューギーは、手すりの向こうにパンの耳を投げた。「ふうん」

「自分に嘘《うそ》をつくような人たちと暮らすの……それでね、あたし、考えるわけ。うちですべてがうまくいっていたのは、どうしてかなって。ほら、家族のことが好きだから。あんたは、自分の家族と同じ空気を吸うのも嫌《いや》でしょ」

「思いださせてくれて、ありがと」

「だって、ほんとのことじゃない」

シューギーは立ちあがって、手すりにもたれかかった。「あれ、うちの裏庭の投光ランプじゃないかな。パパは泥棒《どろぼう》よけになるって思ったらしいけど、ひと晩中ずっとついてるの。アライグマが遊びにくるもんだから」

「この町に、おそろしい強盗《ごうとう》がいるっていうの？」裏庭のヒツジやピンクのフラミンゴを売りとばすにしても、泥棒はどうやってこの町を抜けだすんだろう。

シューギーはあくびをした。「うん」

あたしは残りのサンドイッチを口に入れると、シューギーが歩いていくのを見ていた。タンクをたたきながら、まわりを一周する。裏にまわると、音しか聞こえなくなった。この給水タンクをはじめて見たとき、あたしはパパに、映画に出てくるE．T．の頭みたい、といった。

パパは笑って、会う人ごとにその話をした。

あたしは立ちあがると叫《さけ》んだ。

「ちくしょう！」二分くらいぶっ通しで叫んでいたら、喉《のど》がかれてきた。

シューギーは、叫んでいるあたしを黙《だま》って見ていた。薄暗《うすぐら》いなかでも、ほほえんでいるのがわかる。

「どうして、高いところにあがると叫びたくなるのかな」あたしがいった。

「これだけ高ければ誰《だれ》かに聞こえるかもしれないって、そう思うからじゃない？　つまり、みんな手を止めて、うえを見あげていうわけ。『おい、ちょっと見てみろよ。あんなところで叫んで、どうしたのかな？　なんか、やっかいなことになってるんじゃないか。ひどくやっかいなことに』」

あたしはシューギーを見た。暗くなっても、黒いサングラスをかけたままだ。

「あんた、自分が本物だって思う？」

「本物？」

「もう、なにが本物かわかんなくなっちゃった。ぜんぶ取りあげられちゃって。もし、もしもルーシーやケヴィンがこれまであたしにいってきたことが、すべて大嘘《おおうそ》だったとしたら？　もう、あの人たちがいうことはなにひとつ信じられない、でしょ？」

シューギーは、肩《かた》をすくめていった。「あたしだったら、信じないな」

「でしょう？　誰だって信じないよ。ねえ、モンタナにいかない？　あたしが読んだ本のなかでね、主人公の女の人がモンタナにいくの。それで、凍え死《こごじ》にしそうになって……」

シューギーの口元が赤く光り、煙《けむり》があたしたちを取りまいた。シューギーがいった。「あんた、女の人が凍え死にしそうになるようなところに、いきたいわけ？」

「うん。だって、ほんとうの話だもん。その人は、実際にやりとげたんだよ。ひとりで」

「やりとげたってなにを？　飛んだとか？」

「ううん。一八五〇年代に馬に乗って、フィラデルフィアからモンタナまでいったの」

「だから、いかにもほんとうらしいってわけ」

「やだな、『ほんとうらしい』だなんて。なによ。ほんとのことはほんとなの。物事を変えないでおこうとすると、自然に流れなくなるでしょ。つまり、嘘になるの。ようするに、いままでがこうで、ほかのものはすべてまやかしなんだからというんで、いままでのやりかたを変えないとしたら、そんなのばかだってこと。

うちのパ――ケヴィンとルーシーにはもううんざり。それはほんとう。で、あたしがそれをなんとかしようとしてるのも、ほんとう。でもね、あなたたちがなぜずっとずうっと嘘をついていたのかあたしにもわかりますっていって、それでおしまいなんてことできない。そのほうがかっこいいのはわかってる。でもあたし、あの嘘《うそ》のことは話せない。あんまりばかげてるし、とってもつらいから。それもほんとうのことなの」

シューギーは声を立てて笑った。「モンタナにいった女の人のことで、あんたに同感だっていおうとしただけなのに。それだけだよ」

あたしも笑いだした。「ごめん」

「いいって」

あたしは、シルエットになったシューギーを見た。そしていった。「あたしが美人だったら、ジャックはあたしを手放さなかったかな?」

シューギーは、手すりの向こうにたばこを放った。それからあたしに腕《うで》をまわした。「みんな、みんな美人なの。だから、どうしてジャックがああいうことをしたかは、わかんないの」

まるのまま

あたしは目を覚まして、はっとした。足下に箱がある。だれが置いていったんだろう。ママかな。それともパパかな。靴《くつ》を入れる箱と同じくらいの大きさの、花模様の箱だった。手紙を入れておくのに使うような箱。

眠《ねむ》りが浅いほうなのに、なぜ気づかなかったんだろう……きっと、ほんとうに疲《つか》れていたんだ。すごく疲れていて、人が入ってくる音が聞こえなかった。

最近はいつもそう。誰《だれ》かが部屋のドアをたたくまで、眠っている。バッチーは、決まって部屋に入ってきて、枕《まくら》であたしの頭をたたく。ママはきつくノックして、「起きなさい」という。犬に芸をさせるようないいかた。パパはノックしてから、声を落として「マーリー」とだけいう。小さな声で「マーリー」って。

いまでは、自分の名前の響《ひび》きが好き。この名前にしがみついていたい。みんながくりかえしこの名前を呼ぶのを、聞いていたい。これまで、自分で自分の名前の響きを確かめたりはしなかった。それがいま、なんどもくりかえしている。いままでの居場所に、あたしをつなぎとめてくれるから。自分がまるのまま、そのままのあたしだって思えるから。

ボブ・マーリーに因《ちな》んだ名前だっていうのも気に入っている。あたしが小さかったころ、パパはボブ・マーリーの曲にあわせて、あたしと家中を踊《おど》りまわった。よく、いっしょに踊った……パパとは、もう二度と踊らないと思う。

寝坊《ねぼう》すれば、みんなといっしょに朝食をとらなくてすむし、嫌《いや》なことをいわなくてすむ。「嘘《うそ》つき」と金切り声をあげなくてすむ。「こんなことして、なんになった? いまになってあたしをこんなに悲しい目にあわせて。どうしてなんだろうって思わせて、誰《だれ》にも説明できないくせに」そんなことをいわずにすむ。

そりゃあね、あたしのママがほんとに死んじゃったんだっていうことは、聞いた。でも、どういうふうに死んだのかたずねても、ママは死んで、パパ、つまりジャックにはあたしの面倒《めんどう》がみられなかったんだって、それしかいわない。あんまり悲しすぎて、どこかに逃《に》げだすしかなかったんだって。

深い悲しみを抱《かか》えている人なら、たくさん知っている。ミニスーパーのおばちゃんだってそう。そうでなきゃ、あんなに長いこと店を開けておけない。おばちゃんは、決して店から出ない。店を閉めるのは、ひざまずいて祈《いの》るときだけ。

小さいころ、あたしはよくあれこれ考えた。おばちゃんは、膝《ひざ》の下に聖書を置くのかな。ご自慢《じまん》の古びたオークの床に、膝が直接当たったら痛いから。子どもを亡《な》くしたのかな。それとも、いちども子どもを持てなかったことが辛《つら》いのかな。

ジャックおじさんに宛《あて》て電報為替《かわせ》を組んでいるときも、ときどき、ミニスーパーから入ってくるお金だけでたりるのかなって考えていた。手伝ってくれるのは、甥《おい》のチャックだけ。チャックはバイク乗りで、トマトを育てていて、オールドタウン・タバーンという飲み屋でたむろするのが好き。チャック以外の人がおばちゃんを手伝っているところは、見たことがない。おばちゃんは笑顔を、チャックだけにとっておくみたい。それであたしも、甥や姪《めい》を息子や娘と同じくらい愛せるんだって、信じられそうな気がしてくる。

チャックはおばちゃんにとって息子以上の存在だけど、ほんとの息子じゃない。おばちゃん
完全に、ではないけどね。

おばちゃんも、悲しみを抱《かか》えている。

でも、お金をたくさん、それからあたしの大事なものを全部賭《か》けたっていいけれど、おばちゃんは自分の子どもを他人に預けて育ててもらうようなことはしない。

あたしは、花模様の箱を蹴《け》とばした。箱はベッドの脇《わき》に落ちて、床に当たった。あたしはあおむけになって、天井の星を見つめた。星は、夜になると闇《やみ》のなかで光る。

パパは毎年、はがれた星や光らなくなった星をつけかえる。この星をつけてくれたのは、ヘヴンに越《こ》してきたとき。いまも覚えているけれど、あたし、会う人ごとにあたしの部屋には星があるんだよっていっていた。そしたらある日、パパは月をつけてくれた。

星と月。

パパはあたしといっしょにその下に立って、こんなきれいなものは見たことがないという顔で見あげていた。

あたしも、パパの真似をした。星を指さして、まえと同じ場所かどうか記憶《きおく》をたどる。

パパは決してまちがえなかった。星はいつも同じ場所にあった。そのことを、覚えておかなくちゃ。ママやパパやジャックに向かって金切り声をあげたくなったら、そのことを考えるようにしなくちゃ。

ヘヴンの町は谷間にあって、まわりには農場や森が広がっている。いくらでもひとりになれる場所があって、全部歩いていける。

キッチンにいくと、バッチーが皿を洗っていた。ママもパパも、もう仕事に出かけたあとだった。あたしは冷蔵庫のほうを向くと、ボウルに入っているブドウを何粒《なんつぶ》かつかんだ。

バッチーが、窓に石けんの泡《あわ》を投げつけた。そしていった。

「どうしたの?」

「べつに」

「それ、なに?」箱を指さして、バッチーがいった。

「なにかなぁ。まだ開けてないの。ママかパパが、あたしの部屋に置いてった」

「なんなの?」

「モナ赤ちゃんって書いてあるけど」

バッチーはキッチンテーブルのところにいき、腰《こし》をおろすと、おびえた顔でこっちを見た。

「いま開けるの?」

バッチーは、ママとパパの部屋で出生証明書を探してるところをあたしに見つかってからというもの、あまり話しかけてこない。あたしがそばにいるときは、にこにこしている。なにかいいかけては、「なんでもない」という。

バッチーはテーブルに向かって、スプーンでリズムをとりはじめた。もう、膝当《ひざあ》てをつけている。最近は、ずいぶん長い時間スケートボードに乗っている。

昨日、ケイヴマン・ヒルにあがっていくのを見かけた。

あたしもいちど、バッチーやその仲間にくっついてケイヴマン・ヒルにいったことがある。バッチーの仲間はひょろっとしていて、長袖《ながそで》シャツにカーキ色のバギーパンツをはいている。みんな、完璧《かんぺき》な波を求めている。

ケイヴマン・ヒルは、ぜったいに海になんかならない。でも丘の斜面《しゃめん》は、ねじ曲がった古木やくたびれきった畑を飲みこむように広がっている。いつなんどき、夜の闇《やみ》のなかから恐竜《きょうりゅう》が現れて、スケボーに乗って飛ぶように走っているやせた男の子たちの前に立ちはだかるかわからない。そんな感じ。

あたしはバッチーの隣《となり》にすわって、首をふった。

「いまはなんにも開けたくない」

「なにが入ってるのかな」

あたしはテーブルに頭を落として、目を閉じた。

「別に、その話をしなくちゃいけないってわけじゃないよ。っていうかさ、パパとママがあの話をしてから、誰《だれ》もなにもいってないだろ」

「全部《ぜんぶ》、変わっちゃった。いまだってあんたが大好きだけど、あんたはあたしの弟じゃない。せめて、あの人たちがあんたにも嘘《うそ》をついていたんなら、あんたとのあいだは変わらなかったんだろうけど。だって、あんたにとってもすべてがこういうふうに変わるわけだから」

バッチーは立ちあがり、流しの栓《せん》を抜《ぬ》いてラジオをつけた。食料品貯蔵室《ちょぞうしつ》のドアに立てかけてあったスケボーをつかんで、その上に立つ。

バッチーは、裏口でスケボーを止めた。「おれたち、これからもずっと、まえと変わんないよ」

そして、完璧《かんぺき》な波を探しに出かけた。

町のなかを歩きまわりながら、あたしは、すべての色が変わっちゃったのに、誰もそれに気づいてないみたい、と思っていた。

ハーン・マーケットの外には、あいかわらず野菜が並べてある。

スピン・モア・レコードはあいかわらず、土曜の午後になると外のスピーカーからヒップホップを流し、日曜日の朝にはクラシックを流している。

ただ、野菜がまえほど赤くも青くもないのに、誰《だれ》も気づかないだけ。レコード店の外の大きなレコードジャケットも、石炭のように黒かったのが、いまでは灰色。すべてが、まえよりぼんやりしている。


箱を抱《かか》えて、一日じゅう町を歩きまわっていた。ボール紙の箱は湿《しめ》っている。さっき、チェリー味のフローズンドリンクをこぼしたから。金物屋の前のベンチで、おばちゃんの甥《おい》のチャックが近所の人にトマトを配達しにいくのを見ていて、あやうく箱を置き忘れそうになった。

チャックは、おばちゃんのミニスーパーのピックアップトラックの後ろに、トマトを何箱も何箱も積みこんでいた。箱を持ちあげようと腕《うで》を曲げると、入れ墨《ずみ》も曲がる。自分が植えて育てたこのトマトが、こんどはみんなを養うんだ、というように、ほほえみを浮かべている。

あたしは、チャックが近づいてきたのに気づかなかった。ハーレーダヴィッドソンの柄がついたTシャツに作業ズボン姿のチャックが、目の前に立っている。そして、あたしの頭くらいあるトマトを手渡《てわた》すと、戻《もど》っていった。

あたしは、手のひらのトマトを箱にのせると、ふと目をそらした。チャックとおばちゃんのことを考えて、それからまたトマトに目を戻したら、見たこともないような真っ赤なトマトになっていた。センターストリートのその場所の、あたしのすぐそばで。

水

親愛なるマーリーへ、
このあいだ、ぼくとボーイは信じられないような湖に立ちよった。奇妙《きみょう》なものなら、これまでにもなんどか見てきた。だから、いままででいちばん奇妙だったというぼくの言葉を信じてほしい。
小麦やなにかの畑が何マイルもつづくそのただなかに、砂浜に囲まれた湖があったんだ。砂浜のまわりは一面の小麦畑だ。ぼくが乗っていたのがピックアップトラックでなく、目線がもっと地面に近かったら、湖には気づかなかったと思う。
でも、ボーイは湖に気づいていたにちがいない。水が大好きで、近くに水があると必ずわかる。

砂浜なんだが、なんていったらいいだろう。砂浜があって、そこに……。

こんなに幸せそうな人たちは、見たことがなかった。みんな、農家の人だった。夜明けから日暮れまで一心に働いて、それでいて、さあお楽しみとなったら、どうやって楽しんだらいいかよく知っている。そういう人たちだ。

この人たちは、ここに水があるのが当然だとは思っていない。そう感じられただけのことなのかもしれない。あんなふうに小麦畑が広がって、果てしなく平原がつづいて。ずうっとどこまでも見渡《みわた》せるんだよ、マーリー。

畑を耕していると、骨の髄《ずい》から農夫になるといわれている。漁師や狩人《かりゅうど》も、そうだという。たぶん、自然をコントロールするからなんだろう。

でもほんとうは、自然をコントロールすることなんかできないんだ。自然のなかにあるものを釣《つ》り糸でたぐり寄せたり、大地を耕したり、自然のはぐくんだ生き物を二、三頭は殺せるにしても……。自然がくれるものを殺し、自然が与えてくれるものをもらう。

大事なのは、自然を理解することなんだ。

とにかく、ボーイとぼくは砂浜にすわり、砂浜を歩き、水のなかを歩き、そしてたいがいは、みんなを観察していた。子どもたちは、親なんかそっちのけで走りまわり、親たちは、子どもの後を追ったり、ビーチパラソルの下で本を読んだり、サングラスをかけてくつろいだりしていた。

スターライトビーチでみんなを観察していると、おかしなことが起こった。すごい名前だろ、スターライトビーチだなんて？　アイスクリーム売りの男に、どうしてこういう名前なんだい、とたずねると、「どうしてこういう名前じゃいけないんだ？」といわれた。いい答えだ。

ああ、そうそう。おかしなことの話をしていたんだっけ。ボーイが子どもたちの後にくっついて歩いて、離れようとしなかったんだ。子どもたちが、ばかでかいラジカセをかけようと砂浜の向こうのほうにいったときも、そのあとについていった。ぼくは、ボーイのしたいようにさせておいた。子どもたちもボーイに劣《おと》らず、いっしょにいられて嬉《うれ》しそうだったから。

ボーイは、ひとりの子が抱《だ》いていた赤ちゃんが、とくに気に入ったみたいだった。たぶんその子の妹だったんだろう。ボーイはその赤ん坊《ぼう》のそばにつきっきりだった。もちろん、赤ん坊はボーイの耳を引っぱったり、ボーイに乗っかったりした。でも、気にしていないふうだった。

午後、子どもたちがずっと砂浜で踊《おど》ってるあいだも、へばりついていた。

それを見ているうちに、はるか昔のできごとを思いだした。

出発の時間がくると、ボーイは鳴きはじめた。哀《あわ》れな声をあげて、はじめのうちはこっちにこようともしなかった。でも最後には、砂の城やピクニックバスケットのそばを小走りに抜《ぬ》け、小麦畑を抜けて、トラックに乗った。

スターライトビーチを発つときのボーイは、それはかわいそうでね。後ろの窓から、何マイルも何マイルもずっと外を見ていた。あの子たちがついてきてくれるんじゃないかと思ったんだろう。

ときどき、ぼくはボーイにまちがったことをしているんじゃないか、と思うことがある。一か所に、二、三か月以上いたためしがないから。ボーイには庭や家が必要で、水の入ったボウルがどこにあるか、いつもわかっているほうがいいんじゃないだろうか。ボーイにとって、かかりつけの獣医《じゅうい》がいてもどうってことないのはわかっている。獣医は嫌《きら》いだから。でもたぶんそのほうが……。

そのうちにぼくも、自分用の水の入ったボウルがどこにあるのか、知っていたいと思うようになるかもしれない……。

ボーイとぼくから、愛と平和を

みんなによろしく。

追伸

たくさんの犬のスケッチを、ありがとう。きみに絵を教えてくれるなんて、ボビーは友達がいがあるんだね。絵は、トラックの内側一面に貼《は》ってある。ボーイはすっかり夢《む》中《ちゅう》だ。きみが黄色い紙に描《か》いた絵を見て、ぺしゃりと腹ばいになった。ほら、あの、紙の縁《ふち》にぐるりと稲光りのスタンプを押した絵だ。

次の扉《とびら》

まえに、ママとパパが女の人の話をしているのを聞いたことがある。その人は町の外で働いていて、週末しかヘヴンに帰ってこられなかった。赤ちゃんがいて、ベビーシッターに預けていた。ところがあるとき、週末に家に帰ってきたら、ベビーシッターも赤ちゃんもいなくなっていた。

それからずっと、幼い息子には会えずにいるんだって。

あたしがその話を聞いたのは、まだとても小さいときだったから、女の人の名前も覚えていないし、あいかわらずヘヴンに住んでいるのかどうかも、思いだせない。でも、ベビーシッターはいやだな、と思ったことだけは覚えている。

ママがあたしをベビーシッターに頼《たの》んで外出しようとすると、あたしはいつも金切り声をあげてママを追いかけた。すると、バッチーが後を追ってきていうの。「だいじょうぶ。ね、ママは帰ってくるって」いっつも同じ。毎回。あたしより小さいのに、どうしてそんなことがわかったんだろう。

どうしてわかったのかな。

たぶん、あの子にはわかっていなかったんだ。あたしのママは、帰ってこなかった。それだけじゃなく、代わりにほかのママがきて、そのうえあたしのほんとうのママじゃないということを黙《だま》っていた。ママを見るたびに思う。この人がママだったら、ほんとうのママだったらいいのに。

みなしごみたいなぺちゃんこの気分。最近、ママのそばにいって、あたしはだいじょうぶっていいたくなることがあるけれど、そんなときでも気分は沈《しず》んだまま。いままで持っていたものがほしいだけなのに。あたしの願いはかなわない。あたしの足は、ママのほうに向かおうとしない。

ママが、恋《こい》しい。

あたしはジャックおじさんからきた手紙を、これまでと同じ場所にしまった。チェストのいちばん下の引きだしをのぞきこんで、封筒《ふうとう》をなでる。何千通もあるみたい。みんな色がちがっているし、投函《とうかん》された場所もちがう。モーテルに備えつけの封筒があったり、ほかの人から届《とど》いた封筒を再利用したのがあったり。

ジャックは、あたしがまだ赤ちゃんだったころから、あたしに手紙をくれていた。小さいころは、パパが手紙を読んでくれた。四歳《さい》で字が読めるようになると、あたし宛《あて》に手紙をくれるようになった。はじめのうちは、手紙をおもちゃ箱にしまっていた。それから、組み立ておもちゃ《ティンカートイ》の箱に入れるようになったけれど、それもいっぱいになった。

あたしは、あの箱を手紙の入っている引きだしにしまって、ベッドに入った。箱は開けなかった。

箱を二、三日持ち歩いていて、ふと思った。この箱をどこかにやってしまえば、すべて元通りになるんじゃないかな。

ボビーの家では、フェザーが箱を太鼓《たいこ》代わりにする。ちっちゃな手で箱をたたき、よだれをたらす。

ボビーは紫色《むらさきいろ》の壁の前に立って、「箱を開けるときは、立ち会うよ」といった。

あたしは、フェザーの柔《やわ》らかい髪《かみ》をなでていった。「いいよ」

「じゃあ、開けないつもり?」

「わかんない」

ボビーはキッチンにいき、背の高いコップに冷えたレモネードを入れて戻《もど》ってきた。ボビーにいわせると、冷たい飲み物さえあれば、どんなことでも乗りきれる。

ボビーがあぐらをかくと、フェザーがはっていって、レモネードをおねだりした。ボビーがレモネードをほんのすこしあげると、フェザーはボビーのコップにゴム製のアヒルのおもちゃをつっこんだ。ボビーはにっこりした。

「きみのうちの人は、どうしてこの箱をきみの部屋に置いていったんだろう。この箱を開けるとき、いっしょにいたいとは思わなかったのかな。大事なことなのに」

あたしはレモネードをごくりと飲むと、窓のところにいった。女の人がひとり、大きな絵を引きずって通りを歩いている。なんの絵かわからないけれど、運ぶのに苦労している。「キャンバス」のドアが開き、店主が駆《か》けだしてきて、女の人に手を貸して絵を運びこんだ。

「あたし、あの人たちになにをいったらいいか、わからないの。毒づいたらいいのか、抱《だ》きしめたらいいのか。金切り声をあげたらいいのか、口をきかないことにすればいいのか。わからない。向こうもそれに、気づいているんだと思う。だからあたしを放っておくの」

ボビーは、フェザーにもうすこしだけレモネードをあげた。フェザーははいはいしてボビーから離れ、おむつをはずそうとした。フェザーを見て、あたしは思った。あたしの父《とう》……ジャックは、ボビーがフェザーを抱くみたいに、あたしを抱いたことがあるのかな。

ボビーは立ちあがって、描《か》きかけの絵のところにいき、上下をひっくりかえした。

「じゃあ、なにもいわないほうがいい。だって、後悔《こうかい》するようなことをいってしまうかもしれないから。そういうものなんだ」

あたしは、白塗《しろぬ》りの木の床を横切って、ボビーのそばに立った。ボビーは、ヘヴンにくるまえの暮らしのことは口にしない。ブルックリンに住んでいたのは知っているし、決して懐《なつ》かしいとはいわないことも知っている。でも、ブルックリンを懐かしんでいるのがわかる。フェザーのママのことは聞いたことがないけれど、その人のことも、懐かしんでいるような気がする。

懐かしんだり恋《こい》しく思ったりすることがいっぱいあると、きっと悲しいんだろうなあ。

恋しく思うものが自分にもあったということを知らずにいるのも、悲しいことだと思う。世の中のことはすべてわかっているつもりで、歩きまわる。自分がなにものなのか、知っているつもりで、あたしみたいに、そこらじゅうを歩きまわる。

ボビーのドレッドヘアが、あたしの顔をかすめた。

ボビーがささやいた。「きみが、人生の次の扉《とびら》を開けてもいいと思えるようになったら、そしてきみがそうしてほしいと思うのなら、ぼくはその場に立ちあうよ」

あたしはボビーに寄りかかった。あたしより二つ三つ歳上《としうえ》なだけなのに、赤ん坊《ぼう》がいて、秘《ひ》密《みつ》を抱《かか》えている友達に。もっと強く寄りかかって、一メートルくらい離れたところにある箱を見つめた。あの箱を開ければ、あたしの秘密がわかる。

フェザーは箱があることにあらためて気づくと、こんどは角をしゃぶった。心ゆくまでしゃぶると、また箱をたたき、よだれをたらしながらボビーとあたしを見て、にっと笑った。

あたしとパパが車を洗っている姿が、またちらりと頭をよぎった。パパはやっぱりあたしを見てにやにやしている。でも、こんどはママの姿も見えた。カメラを構《かま》えている。「ほうら、こっち向いて。笑って。いい子ね。ほら、笑って」


家に帰ると、あたしの部屋にはシューギーがいた。ドアが開いていて、誰《だれ》も返事をしなかったから入ってきたんだ、とシューギーはいった。

「この星、いいなあ」

あたしは箱を化粧台《けしょうだい》のうえに置いて、ベッドのシューギーの隣《となり》に横になった。「この部屋にくるたんびに、そういうね」

シューギーはサングラスの縁《ふち》を軽くたたき、ベッドカバーについていた糸くずを拾った。

「あんたみたいな星をつけたかったのに、ママに、インテリアと合わないっていわれてさ」

「インテリア？」

「ほら、あの熊だとか、森にすむ動物。ママがあたしの部屋に飾りつけたやつ」

シューギーは長靴《ながぐつ》を脱《ぬ》ぎ、部屋の向こうに放った。くるぶしに、傷跡《きずあと》があった。まえに見た太もものとそっくりな傷跡。

「あんた、熊っていうタイプじゃないもんね。それで、どうなったの？」

シューギーは立ちあがると、ラジオをヒップホップの局に合わせ、壁《かべ》のゾラ・ニール・ハーストンのポスターが気に入った、といった。

ビーンバッグチェアに倒《たお》れこみ、たばこを一本取りだす。

「ここではすわないで」

「ごめん」

シューギーは、たばこの箱を長靴のなかに入れると、椅子《いす》にもたれて、音楽に耳を傾《かたむ》けた。

それから、ポスターを見た。

「そうだよね。あたしは熊っていう柄《がら》じゃないけど、うちの家族には熊が似合う。マーリーは運がいいよ。ママもパパも、たいがいはあんたを放っといてくれるじゃない。あんたに、ないものねだりはしないでしょ？」

あたしは、いかれちゃったの？ という顔でシューギーを見た。でも、シューギーは大まじめだった。この子、あたしの親をそういうふうに見てるんだ。いままではあたしも、そんなふうに見ていた。そう、ごく最近まではね。

「あの箱が、あたしの正体なの。あの人たち、ずいぶん長いことあたしの正体を隠《かく》してた。そう思わない？」

シューギーは脚《あし》をのばし、星を見上げた。

シューギーの小麦色の脚の傷跡《きずあと》に目をやって、それからあたしも星を見上げた。

あの星はすてき。部屋を見まわすと、ほかにもすてきなものがあった。シューギーは、なにか目に見えないもののせいで、自分で自分を傷つけた。でも、これまでママやパパといて、あたしはそういう苦しみを味わったことがなかった。あたしがつらくなったのは、自分がどこに立っているのか、自分が誰《だれ》なのかわからなくなったから。

シューギーは立ちあがって、ベッドのあたしのそばにあの箱を放った。顔をあげると、シューギーのパール入りの口紅とスパイ映画に出てきそうな黒いサングラスが目に入った。シューギーはベッドの脇《わき》の床に膝《ひざ》をつき、あたしは、最初に見つけたのと同じ場所で、あの箱を開けた。

ママ

はじめて会ったとき、シューギーがいっていた。自分を傷《きず》つけたのは、苦しみを閉めだすため。あたしには、理解できなかった。うんと深くは切れなくてさ、とシューギーはいった。それを聞いて、あたしは泣きそうになった。シューギーの心をそこまで傷つけられるものってなんなんだろう。そう思った。

ふたりとも十四歳《さい》。音楽の好みは似ているし、同じようなことをおもしろがるのに……。

あたしはテープをはがし、薄《うす》いピンクのリボンをほどいて、箱を開けた。なかには、もうひとつ箱があった。箱のうえには、アラバマ州モンゴメリー、アクノックマンズ靴店《くつてん》と書いてあった。一枚の薄紙がかぶせてあって、見えたのは、小さなベビーシューズだけだった。

いま目の前にあるのは、あたしが誰《だれ》だったのかをしめすもの。

シューギーはサングラスをはずして、あたしの腕《うで》をつかんだ。

まえの学校で「紫色《むらさきいろ》の目をした黒い女の子」という歌を作った男の子がいたって、シューギーから聞いたことがある。シューギーの紫の目が、あたしを見て、箱を見た。

あたしのベビーシューズは、ピンクだった。

ピンクのバラの刺繍《ししゅう》がついた白い小さなセーターを取りだし、おそろいの小さな帽子《ぼうし》を手にとる。それから、病院で赤ちゃんの名札代わりに使う腕輪《うでわ》を取りだした。「名前」という欄《らん》のしたには「モナ・フロイド」とタイプされていて、母親の名前はクリスティーン・フロイドとあった。あたしはそれを、ぎゅっと握《にぎ》りしめた。

そして、箱を閉じた。ほかにもなにか入っていたけれど、見る気になれなかった。あたしは、セーターと帽子と靴をにぎりしめ、腕輪をにぎりしめると、ベッドのうえで丸くなった。

夕方の物音で目が覚めた。シューギーが、床のうえで眠《ねむ》っている。あたしたちふたりのうえに、さらっとした綿毛布がかけてあって、ママの香水の香りが漂《ただよ》っていた。赤ちゃんの服や腕輪は、まだあたしの手のなかにあった。

シューギーを家まで送ることにした。コミュニティーセンターのほうから、ハロウィンのお面をかぶった小さい子たちが駆《か》けてくる。七月のハロウィン。きっとみんな、砂糖《さとう》二キロ分くらいの甘いものを詰《つ》めこんでいるはず。シューギーは、胸に斧《おの》の突き刺さった執事《しつじ》や幽霊《ゆうれい》の格好をした何百人ものおちびさんたちが通りを駆けていくのを、じっと見ていた。

それから、おばちゃんのミニスーパーの真ん前で側転して、「クリスマスみたい！」と叫《さけ》んだ。

あたしはおちびさんたちの笑い声に耳をすまし、シューギーの顔をしげしげと見ていた。おちびさんたちについて、走っていきたそうな顔だ。

センターの正面に、ハロウィンのカボチャ提灯《ちょうちん》みたいにくりぬいたスイカが置いてあった。そのまわりに子どもや親が大勢すわりこんで、トウモロコシやホットドッグを食べている。

シューギーも、仲間に加わることにした。あたしが通りをちょっといってふりかえるころには、シューギーはヘヴンのみんなといっしょに七月のハロウィンを楽しんでいた。

リバービュー通りに戻《もど》る道すがら、ポケットのなかの赤ちゃんの腕輪《うでわ》をくるくるまわしていたら、ここ二、三週間ないくらい気分がよくなった。

あたしが歩道を歩いていくと、車寄せにパパがいた。作業着のまま、車の運転席にすわっている。

パパは貯木場《ちょぼくじょう》で働いている。パパにいわせると、食べていくために木を切っている。「木を切ってるんだ。またの名を、製材ともいうがな」といつもいう。仕事は自分がするものであって、自分そのものじゃない、ともいう。まえに、じゃあパパはなんなの、とたずねたら、まだ世に出ていない世界でいちばん有名な思想家なんだ、といった。そして声を立てて笑った。

パパが、車の窓から顔を出した。

「アイスクリームでも、食べにいかないか?」

「乳糖《にゅうとう》アレルギーなの」あたしはそういって、通りすぎようとした。

「トーフアイスもあるぞ」パパはそういって、ハンドルを軽くたたいた。あたしはパパの丸い顔と髪《かみ》についた木くずに目をやると、前をまわって車に乗りこんだ。

パパは車を出し、町の外に向かった。

「デイリークイーンにいくんじゃないの?」

パパは横断歩道で車を止め、お面をつけた子どもが何人か、道を渡《わた》るのを待った。

テープを入れる。

「これ、なんの歌か知ってるかい?」

ジャズだということはわかったけれど、なんという曲かは知らなかった。あたしは黙《だま》って窓の外をながめ、通りすぎていく畑や雌牛《めうし》を見ていた。

「マイルス・デイヴィスだ。誰《だれ》にも真似できない。不世出の……」

「ねえ、あたしの父さんと兄弟なんでしょ。似てる?」郊外の畑や納屋が、にじんですぎていく。

パパはテープを止めて、あたしを見た。

それから、シャツについている名札を引っぱった。パパのお古のシャツは、全部あたしがもらう。パパが新しいシャツを手に入れると、あたしが古いのをひったくる。だぼだぼでゆったりしているのが気に入っている。できれば、一年中着ていたい。

「ジャックに最後にあったときは、わたしとそっくりだった。ジャックのほうが背が高くて、耳が大きかったけどな」そういうと、兄弟にしかわからない冗談《じょうだん》があるらしく、声を立てて笑った。

「どうして?」

「どうしてって、なにが?」パパは車のスピードをすこし落とし、手を伸《の》ばしてあたしの腕《うで》に触《ふ》れようとした。あたしは、ドアのほうに身を寄せようとして、パパのまなざしに気づいた。

あたしに銃弾《じゅうだん》を撃《う》ちこまれたみたいな目だった。

「どうしてこんなことになっちゃったの？　どうして誰も教えてくれなかったのよ？　あたしのママは死んで、パパはあたしをいらないと思った。だから自分たちが育てるんだって。そういうべきだったのよ。小さいときに話すべきだった」

パパはまっすぐ前を見て、運転をつづけた。

「そうだな。小さいときに話すべきだったんだろう。おまえが考えているようなことではないけれどね」

あたしは、助手席側のドアを蹴《け》りはじめた。「そうよ。手品のことを話してくれたり、そのうちに弟がいるのもいいものだって思うようになるといってくれたときみたいに、話してくれればよかったのよ」

パパの声がうんと低くなった。「わたしがこれまでに話したことのなかに、正しいことはあったかな？」

「もう、わかんない。一個大きな嘘《うそ》をつくと、なにもかもが嘘になっちゃう」

パパはいった。「ああ、うん。そうかもしれんなあ」

あたしたちが小さかったころ、パパは、あたしとバッチーによく手品をしてくれた。あたしは、たいがいの子が、父親に帽子《ぼうし》のなかからウサギを出してもらったり、花瓶《かびん》や物を消したりしてもらいながら大きくなる、それがふつうなんだと思っていた。バッチーがほんとうに小さかったころには、バッチーを帽子箱から消してみせたこともあった。

パパにはなんでもできる。そう思っていた。

ある春の朝、五歳《さい》だったあたしは、そのころ飼っていたホーリーという犬と庭で遊んでいた。ボールが通りにころがりでて、ホーリーがその後を追った。ステーションワゴンに乗った女の人は、ホーリーに気づかなかった。

あとになって、ホーリーは即死《そくし》だったらしいとわかったけれど、そのときのあたしには、そんなことはわからなかった。ホーリーを生きかえらせて、と泣きながらパパに頼《たの》んだ。ホーリーを立たせてよ！　近所じゅうが集まっているなかで、あたしは泣き叫《さけ》び、パパにしがみついた。

魔法《まほう》を使ってほしかったし、パパならできると思っていた。

パパは、州道三〇六号線のテイスティー・フリーズというアイスクリームショップに車をつけた。ウエイトレスが車のところにやってきて、注文をとった。にこっとして、ポリエステルのユニホームを引っぱる。暑い日にべたっとした服を着てなきゃいけないなんて気の毒だな、と思った。それであたしは、食べる物とアイスクリームを頼《たの》んだ。パパはアイスクリームだけ。頼んだものがきても、口をつけようとしなかった。

家に帰ろうと車を出したあとも、あたしたちは黙りこくっていた。

車が「あなたはヘヴン《天国》に入るところです」という標識のわきを通りすぎると、パパはいった。

「自分のいる場所がどこだかわかっているっていうのは、いいもんだな」

あたしはパパのほうに身を乗りだした。「ときどき、まるでわからなくなっちゃう」

パパはいった。「ときには、自分がどこにいるのか、簡単《かんたん》にわかることもあるぞ。まわりを見まわして、いつもまわりにいてくれた人たちがいるのに気づいたら、その人たちについていけばいいんだ」

あたしは、窓の外を見た。電信柱に、「放火された南部の教会を救援《きゅうえん》しよう！」というポスターが貼ってあった。

それから、車の後ろの窓越《まどご》しに、ハロウィンの仮装《かそう》をした最後の子たちが家へ駆《か》け戻《もど》っていくのを、じっと見ていた。

第四部

ラブレター

ジャックに書いたメモ。

ジャック、
あたしのことを自分の娘《むすめ》だと、思ってますか。
ちょっぴりでも、そんなふうに思ってますか。
マーリー

あたしはメモを破った。

ジャックに為替《かわせ》を送りにいかなくなって、もう何週間もたつ。ママもパパも、あたしに頼《たの》まなくなったし、あたしもいきたいと思わなくなった。いまは、バッチーがいっている。

バッチーは、なんでジャックおじさんにこんなにたくさんお金を送れるのかな、と思った。それで、きいてみた。パパはびっくりしたみたいだったけれど、教えてくれた。

バッチーから聞いた話だと……。

あたしのママのクリスティーンは自動車事故で死んだんだけど、どうやら車に欠陥《けっかん》があったらしい。それでジャックは、お金をたくさんもらった。あんまりたくさんすぎて、気が変になりそうになった。だから全部銀行に預けて、パパに管理をまかせた。

バッチーによると、いままであたしもバッチーもそのことをたずねなかったなんて不思議な気がする、とパパはいった。バッチーは、そんなこと考えたことなかったから、それでたずねなかったんだよ、といった。あたしは、ママもパパもジャックのことをとっても大事に思っていて、なんでもあげちゃうんだ、と思っていた。お金のことを知らなかっただけの話。

パパはそういうことを全部、さくさくと話してくれたんだよって、バッチーがいう。それであたしは思った。そういうことを最初からあたしに話してくれていれば、ざっくばらんになにもかも話してくれていれば、なにもかもずっと簡単《かんたん》だったのに。

自分の部屋でふたたびひとりになったあたしは、モナ赤ちゃんの箱を開けた。

赤ちゃん服の横に、ビロードの箱に入ったダイヤの指輪と、クリスティーンからジャック宛《あて》の手紙が何通か入っていた。手紙はまだ読んでいない。でも、封筒《ふうとう》のいちばんうえにラブレターと書いてあった。

ボビーがいうには、最近はもうラブレターを書く人はいないんだって。ラブレターは時代遅れだけど、美しくもある。たいがいの人は、インターネットにアクセスして、好きな人にメールを送るけれどね。

ボビーはちょっと、時代遅れなんだと思う。だから知っているんだ……。


ラブレター……

ラブレター……

ラブレター……


一通目の手紙から、花びらがこぼれ落ちた。こぼれ落ちて、部屋じゅうに飛んだ。どこからかそよ風が吹《ふ》いてきて、くすんだ黄色い花びらを、そこらじゅうにまき散らした。

クリスティーンは、黄色い花が好きだったんだ……。

あたしはクリスティーンの娘《むすめ》。だから、花が好きなんだ。

いま庭を掘《ほ》りかえしている人は、あたしのお母さん。あたしのお母さんじゃない。あたしのお母さん。あたしが花を好きなのは、あのお母さんが花が好きだから、じゃない。あの人は、ジャックを愛し、あたしという小さな赤ちゃんを残して死んだ人とは、ちがう。

いまあたしが見てる手は、庭を掘りかえしてる女の人の手じゃない。そんなことはありえない。

あたしのお母さんは、あたしのお父さんにラブレターを書いた人で、そのお父さんは、貯木《ちょぼく》場《じょう》で働いているアイスクリームが大好きな人とは、ちがう。

すべてがほんとうなんだって思えはじめた。ラブレターがあったから。

山

今日、あたしはありったけのお金をおばちゃんのところの教会救援《きゅうえん》基金に持っていった。缶《かん》にぎゅうぎゅうお札を詰《つ》めこんでいたら、やがておばちゃんが手を伸《の》ばして、そっとあたしの手をどけた。

メープル夫人《さん》は、テニスをしていてくるぶしの骨を折った。それから半日も歩きまわったすえ、ようやくシューギーのパパに前庭で拾われて、車に押しこまれ、病院に連れていかれた。タイヤをきしらせて走りだしたキャデラックのあとを、双子《ふたご》が追った。ママやパパがこれっきり戻《もど》ってこない、とでもいうような勢いだった。それから、手をつないで車寄せに戻ってきた。シューギーは双子のところにいって、ふたりを抱《だ》きしめた。シューギーがあたしの前で血のつながりのある誰《だれ》かを気遣《きづか》っているそぶりを見せたのは、はじめてだった。双子はシューギーを見てにっこりし、家に入っていった。あいかわらず、手をつないでいる。

シューギーは、前庭のあたしの隣《となり》に腰《こし》を下ろすと、手を思いきり広げて芝《しば》をむしり、宙に投げた。「いっつも、あんななんだよね」

「誰《だれ》が、どんななの？」

シューギーは、みごとな芝生に寝転がった。クローバーを一本つまむ。うちの庭なんか、芝生もクローバーもぼうぼう。

「ママって、ちょっとしたもんなんだ。つらかったり、困ったりしたことがない。完璧《かんぺき》っていえるかもね」

「文句をいわなすぎるんで、ぞっとするってこと？」

シューギーは腹ばいになり、また芝を引きぬいた。

「あたし、絶対にあんなふうにはなれない」

ほんとうに悲しそうな口調だった。それであたしはびっくりした。だってシューギーは、お母さんと同じでほんとにきれいなんだよ。変なの。だって、シューギーが家族の誰かみたいになりたいと思ってるなんて、考えたことなかったから。完璧なメープル一家。シューギーも、完璧《かんぺき》なメープルさんになりたかったのかな？

いちばんの親友が、いままでとはちがうふうに見えてきた。

シューギーは、完璧になれないからといって、自分を傷《きず》つけるのはやめにした。でも、それで一件落着っていうわけじゃなかったんだ。

双子《ふたご》が玄関から、シューギーめがけて駆《か》けてきた。

「じゃ、またね」あたしはいった。

シューギーは手を振《ふ》ると、双子の片割れをおぶった。そのまま馬のように歩きまわって、最後は地面にころげて、ふたりして笑いこけた……。


おばちゃんの店から出てくるパパと、あやうく正面衝突《しょうとつ》するところだった。仕事をしているはずのパパが、チップスをむしゃむしゃ食べながら、ブリックパックのジュースを飲んでいる。まるで、日中はいつもこんなふうにしてるんだ、みたいな顔をして。おばちゃんの店のエアコンの冷たい風が、ふっと吹《ふ》きつけてきた。パパはにっと笑うと、あたしにチップスを差しだした。

ふたりでおばちゃんとこの店先のベンチにいって、腰《こし》をおろした。

パパがいった。「ちょいとあちこちいかなくちゃいけない用事ができたんでね、午後は休みを取ったんだ。なるほどなあ、昼日中に町をうろつくっていうのは、こんな感じなんだ」

「そ！　そうなんだよ！」

あたしは通りの向こうを見た。楽器店にピアノが運びこまれるところだった。女の人がひとり、子守歌をうたいながら、乳母車を押して通りすぎていく。二軒《けん》先の本屋には、窓掃除《そうじ》が入っていた。

「どうやら、たいしたことはなさそうだな。で、おまえはどうなんだ？　なにか、おもしろいことでもあるのかい？」

「ボビーの家にいって、フェザーを連れだそうと思ってるんだ。今日は、ボビーが家で仕事してるの。小さな標識を作ってて。いまごろフェザーは、絵の具まみれじゃないかな」

パパはもうひとつチップスをくれた。「友達がいがあるんだな」

あたしは、パパがブリックパックのジュースを飲み終えるのを見ていた。パパの目は、ヘヴンのセンターストリートのはるか向こうを見ていた。どこか、山のなかにいるみたい。世界一高い山の頂にすわっているみたいだった。

「おばちゃんのところで、なにしてたの？」

「用事をすませた」

「どんな用事？」

パパは、声をあげて笑った。「仕事をしてたんじゃあ、できないような用事」

「あたしが、やってあげたのに」

「わたしにつきまとうつもりかい？　暇《ひま》をもてあましてる？　それとも、わたしがやらなくちゃならないことが、ほんとうに気になるのかな？」

あたしも声を立てて笑った。「最初のほう」

そして、立ちあがった。パパはジュースのパックをつぶすと、ベンチの横のゴミ箱に放りこんだ。

「ボビーによろしくな。フェザーにも」

見ると、パパはあいかわらずベンチにすわっていた。また、山の頂に戻《もど》っている。

メープルさんと奥《おく》さんが、すれちがう車のなかから、あたしに手を振《ふ》った。メープルさんはすぐに、車をバックさせた。あたしに向かってにこにこしている。あたしは車に近づいた。脚《あし》をギプスで固めた奥さんも、やっぱりにこにこしている。

メープルさんがいった。「明日、夕食を庭で食べようと思うんだが。どうだろう」

「はい、だいじょうぶだと思います。今朝、シューギーが誘《さそ》ってくれました」

奥さんは、メープルさんに体を寄せた。「それはよかったわ」

メープルさんが、通りすぎる車に手を振った。

そのときあたしは、ふたりがおそろいのテニスウェアを着ているのに気づいた。奥さんは、くるぶしを折ったばかりの人には見えなかった。髪《かみ》の毛も完璧《かんぺき》にまとめてある。

奥さんがいった。「娘《むすめ》があなたとお友達になれて、ほんとうによかったと思っているの。あの子、なかなかお友達ができないから」

あたしは通りの真ん中で、ひどく落ちつかない気分になった。にこにこメープル一家に、お昼代わりに食べられちゃいそうな気がしてきた。たぶん、ヘッドライトを浴びた鹿《しか》のようなおびえた目をしていたんだと思う。だって、メープルさんがいったから。「じゃあ、わたしたちはそろそろいかないと。今日は仕事にいかなかったんだ。半日休むはずが、結局丸一日休むことになりそうだ」

「ええ、今日は、みんな休みを取ってるみたいですよ」とあたしがいった。

ふたりはにっこりすると、車を出した。

双子《ふたご》は両親を見て喜ぶだろう。たぶんシューギーも。

家族って、思っていたほどわかりやすいものじゃない。メープルさんちがそうだもの。みんながシューギーをほんとうに大事に思っているのは、動かしようのない事実。外見が完璧《かんぺき》でも、家が完璧でも、あの人たちには、シューギーがどういう人間かちゃんと見えている。

シューギーがあたしと友達になってほんとうによかったといったとき、奥《おく》さんの目はうるんでいた。メープルさんたちを、もっと嫌《きら》いになれたらよかった。シューギーのために、嫌いになろうとしたのに。シューギーの脚《あし》の傷跡《きずあと》のためにも……。

日一日と、あたしの家族だといっている人たちの輪郭《りんかく》がぼやけてくる……。

あたしは、山のなかにいるパパを思った。


ボビーのところにいってみると、フェザーにはほんのちょっと絵の具がついているだけだった。ボビーはあたしを見ると、助かったという顔をしてフェザーにキスした。あたしはフェザーを連れて外に出た。

すぐにボビーが、フェザーのおむつを入れたバッグを持って追いかけてきた。あたしの頭にキスしてバッグを渡《わた》し、仕事に戻《もど》る。

フェザーとあたしは、おばちゃんの店のそばのベンチにすわって、しばらくまわりで起こっていることを観察していた。あたしがみんなのことを考えてるうちに、フェザーは眠《ねむ》りこみ、赤ちゃんらしい夢をみはじめた。あたしたちも、山のなかにいるみたいだった。

ポップ！

シューギーのママのピクニックにいくかわりに、あたしは、裏庭のカエデの木の枝に逆さにぶら下がって、シュワシュワはじけるポップロックキャンディーを食べながら、一生を木から木へと飛び移って暮らす動物って何種類くらいいるんだろう、と考えていた（楽しくすごせるかもしれないと、想像するのさえいや。とてもたまらない。悲しくて危《あぶ》なっかしい気分だったから、ピクニックはパス）。

もうしばらくここにいたら、みんな、あたしがピクニックにいったと思って、放っておいてくれるかもしれない。

みんながあたしを見張っている。

気づいたのは二、三日まえ。ママやパパだけじゃない。バッチーまで、あたしを見張っている。

スケボーや漫画《まんが》のことを話したり、あたし、モンタナに引っ越そうかなって思ってたんだ、とか話していると、バッチーが急に黙《だま》りこむ。あたしをじっと見て、待っている。なにを待っているのかはわからないけれど。

しばらくそんなことを考えて、それから地べたであたしを見上げている何匹かのリスを観察した。ポップロックキャンディーをいくつか落としてみたけれど、匂《にお》いをかいだだけで、無視された。知らん顔してくれてよかった。だって、ポップロックキャンディーを食べるリスなんて、かわいくない。

それをいえば、木の枝から逆さにぶら下がってキャンディーを食べて、世の中のなにもかもがパッとしないという考えにとりつかれてる女の子も、かわいくない。

ね、パパ《ポップ》！

音楽

ちょっとましな気分。メープルさんのピクニックから、三日がたった。裏庭のカエデの木が、ちょっとだけ助けてくれたんだと思う。脳《のう》みそをさかさにして二、三時間ばさばさ振《ふ》ったら、蜘蛛《くも》の巣が取れたみたい。

フェザーとあたしは、午前中ずっとラジオで音楽を聴《き》いていた。まだそれほど暑くなってないのに、フェザーがむずかりはじめた。フェザーらしくない。バナナを食べようとしないし、ラジオでお気に入りの曲が流れても、手をたたこうとしない。それで、シューギーの家まで散歩に連れだすことにした。道々ずっと、「ユー・アー・マイ・サンシャイン」をうたった。歌詞をずいぶんまちがえたけれど、フェザーは曲に合わせてばぶばぶいった。

シューギーの家の庭では、双子《ふたご》がぐるぐるまわったり、ぶつかりあったりしていた。あたしはフェザーの乳母車を押《お》して、歩道から玄関《げんかん》に向かった。

目の前で、双子が金切り声をあげて倒《たお》れた。

「お姉さん、うちにいる？」

ふたりはあたしを見ると、頭のタガがはずれたみたいに笑いこけた。

もういちどたずねたら、いっそうはげしく笑いだした。

それであたしは、フェザーを乳母車からおろして、玄関のドアを開けた。シューギーは居間の真ん中にあぐらをかいていて、フルートの曲がかかっていた。あたしはすぐに帰るつもりだったので、フェザーを床にすわらせた。フェザーは、部屋の隅《すみ》に立っている巨大なガラスの花瓶《びん》のほうを向いた。そして、はいはいで勢いよく進みはじめた。いまだにはいはいがいちばん速い。シューギーは体を伸《の》ばしてフェザーを捕《つか》まえると、膝掛《ひざか》けの下から新聞を引っぱりだして、フェザーをかまいはじめた。

「あんたの弟たちって……」

シューギーは、腹ばいになった。「変？」

「うん、ちょっとね。けど、あたしがいいたいのは、双子だから、まるでほかの人は必要ないみたいってこと」

「誰《だれ》も必要ないの」

シューギーがのびをしたので、嫌《いや》でも脚《あし》の傷跡《きずあと》が見えた。やっぱり気になる。シューギーは気にしちゃだめだっていうけれど。あんたはものごとを受け流せないからね、感じやすすぎるんだ、という。なんとかしなきゃだめだよ。

「もう、やってないんでしょ?」

「なにを?」

あたしが脚を指さすと、シューギーは、いつのまにこんなものができたのかな、という顔で傷跡を見た。

それからあたしに向かってにっと笑うと、どうやらこの子、スポーツ欄《らん》を全部食べちゃったみたいよ、といった。あたしがソファーのそばにいってフェザーを捕《つか》まえたときには、フェザーはインクだらけの顔でにんまりしていた。

「おいしかった?」

あたしはにたっと笑ったままのフェザーの口から、紙をたくさん引っぱりだした。飲みこまないで、頬《ほお》にためていたみたい。

シューギーが立ちあがってフルートの曲を止め、ラップをかけたとたん、シューギーのママが玄関から入ってきた。

はじめあたしは、偶然かと思った。でもシューギーの顔を見れば、偶然じゃないのはわかる。メープルさんが、ラップ好きだとは思えない。雑誌《ざっし》から抜《ぬ》けだしてきたみたいにぴかぴかのぱりぱりで、いつもいい匂《にお》いがして、汗をかかなくて。完璧《かんぺき》な人。

シューギーのママがなにかいっているのに、あたしはまるで気づかなかった。

「あなたにも、とっておいたのよ」

あたしは聞きかえした。「え？」

メープルさんはフェザーを膝《ひざ》にのせて、白いソファーに腰《こし》かけた。どういうわけか、フェザーはメープルさんに抱《だ》かれたまま、逃《に》げようとしない。メープルさんを見上げてにっと笑い、頭をもたせかけると、眠《ねむ》りこんだ。メープルさんは、音楽に負けまいと声を張りあげて、シューギーはやさしい子だから、近所の人にお裾《すそ》分《わ》けしたらっていうのよ、といった。うちのママだったら、あたしをとっても意地悪な目でにらみつけて、音楽を止めただろうけれど、メープルさんはちがう。

メープルさんが叫《さけ》んだ。「パイよ。あなたに、ピーチパイをとっておいたの。シュガーがあなたの好物だっていうから。そうなんでしょう？」

あたしは、声を張りあげて答えた。「いいえ」

シューギーのママが、また声を張りあげた。「そう、よかったわ。ピクニックにこられなくて、残念だったわね。おばあさまのお加減は、もういいの?」

あたしは、部屋の向こうのシューギーを見た。シューギーは笑い死にしそうだった。シューギーのあんなにけたたましい笑い声を聞いたのは、はじめて。フェザーは眠《ねむ》りこんで、メープルさんの服によだれをたらしている。メープルさんは首を振《ふ》り振り、わたしはもうカルシウムを摂《と》りはじめているの、だって、歳取《とし》ったときにあなたのおばあさまみたいにはなりたくないですものね、と大声で叫《さけ》んだ。

いもしないおばあさんとピーチパイだなんて、あたしの手には負えない。あたしはメープルさんに向かってにっこりすると、膝《ひざ》のうえからフェザーを抱《だ》きあげ、シューギーにうんときついひとにらみをくれて、外に出た。

シューギーのところにいくたびに、どんどんへんてこなことになってきている。外からはわからないけど、メープルさんたちはちょっとおかしい。

それに、シューギーはときどき意地悪になる。

まあそれをいえば、あたしもそうだけど。あたしには、意地悪になる理由がシューギーよりたくさんあると思う。でも、意地悪になるのは難しい。人をじょうずに懲《こ》らしめられるようになるとは、思えない。

あたしはフェザーの家に向かって乳母車を押《お》していった。そばを通りすぎたピックアップトラックのラジオが、フェザーの大好きな曲を流していたので、ふたりで「ユー・アー・マイ・サンシャイン」をうたった。フェザーは、にこにこしながら手をたたきはじめた。あたしたちは、金物屋のそばに止まったばかりのピックアップトラックの脇《わき》をすりぬけた。フェザーが、助手席から体を乗りだしている犬を指さした。犬は、あたしたちのことを知ってるみたいな顔でこっちを見ていた。

手紙

日曜日にはいつも、家族そろって車に乗り、いちどもいったことのないところにいく。

パパは、ガソリンを満タンにしなくちゃならんとぼやき、ママは、世界一おいしいオムレツが食べられるというあの店にいくのでなければいいわよ、という。ママは、あのオムレツを食べてから丸四日間、吐《は》き気《け》に悩《なや》まされた。バッチーはヘッドホンをして、滑《なめ》らかな山の斜面《しゃめん》をスケボーで下っているところだと思うことにしている。あたしはいつも、ジャックおじさんのことや、おじさんがいった山やいろいろな場所、そしておじさんが出会った人たちのことを考えていた。おじさんやボーイのことを考えた。

ものごとがほんのすこしだけちがってたら、これまでの長いあいだのことはどうなっていたんだろう。そんなふうに考えるのは、逃《に》げだすのと同じ。

もし、クリスティーンが死んでいなかったら。

あたしはいつも、クリスティーンのラブレターを持ち歩いていた。花びらは、ポケットのなかでバラバラになった。手紙を持っていると、気分がまし。

その手紙のことで、このまえの日曜日、ドライブが取りやめになった。玄関を出ようとして、手紙がないことに気づいたの。あたしは家中を探しまわった。ようやく顔を上げたときには、みんなあたしのまわりに立って、足下を見たり、壁《かべ》を見たりしていた。

あたしは、ラグを部屋の隅《すみ》に放ると、床にへたりこんで泣きだした。ぼこぼこに殴《なぐ》られたあとみたいに、体中が痛かった。

あたしは泣きべそをかいた。「ほんのちょっぴりしか持ってないんだよ。そうでしょ? やっと、ほんのすこしだけママを取り戻《もど》したのに。紙に書かれたものだけ、インクで書かれた文字しかないのに。たたんでしまっておけるものしか。たたんで、なくしちゃった……あたしにとっては、もうただの紙切れじゃない。ママに膝《ひざ》にのせてもらって、首にかかっているネックレスをいじらしてもらってるようなもんだったのに。持ち歩ける、ママの一部。なのに、それなのに……まえから知ってれば、あたしが小さいときに教えてくれてたら、なにもかもオーケーだったのに。オーケーだったのよう」

ママはあたしのそばにひざをついて、おおいかぶさるようにあたしを抱《だ》きしめた。
心がとっても痛かった。そのまま、床のうえで眠《ねむ》りこんだ。
目を覚ますと、パパとバッチーがテレビを動かして……後ろをのぞきこんでいた。ママは、本棚《ほんだな》を片端《かたはし》から調べていた。万一ということがあるから……万が一。

ヘヴン
あたしはヘヴンにいる
あたしの心は……

ジャックからの手紙。

マーリー、
昨日、ぼくとボーイはすてきな川のそばで眠った。その日は、一日中セントルイスで過ごしてね、野球の試合をじっくり観戦したんだ。インディアナからきた男の人が、ぼくがサウスダコタで買った毛布が気に入ったというんで、チケットと交換《こうかん》した。

川べりにすわって、きみのことを考えた。ついにきみに会ったとき、なにをいおうか。きみは、どれくらいクリスティーンに似ているんだろう。

ぼくのことを、憎《にく》んでいるだろうか。

昨日川べりで、考えていた。ぼくが十四歳《さい》で、小さな町に住んでいて、家族のことが大好きだったら……ぼくを憎むだろうな。

このところ、そのことがひどく気がかりで。ボーイは、なにかがまずいってことに気づいている。ぼくにへばりつき、道を渡るぼくをじっと見守っている。ぼくが眠っているときも、すぐそばにいる。ぼくは、ちょくちょく悪夢《あくむ》をみているらしい。目を覚ますと、ボーイがぼくの目をじっとのぞきこんでいることがある。きみはどう思う?

ボーイは、とほうもない犬なのか。それとも、犬の姿をした友達なんだろうか。

いつの日か、きみがぼくに会ってもいいと思うときが、くるんだろうか。きみにとって、いろいろなことが大きく変わった。それはわかっている。ぼくはもう、ジャックおじさんじゃない。

きみのおじさんでなくなってもかまわない。でも、きみのパパになろうなどとは、まったく思っていない。きみには、きみを大切に思ってくれるパパがいるんだから。ぼくも、きみを大切に思っている……。

ジャック

追伸

返事が書きたくなったら、ぼくがどこにいるかは、パパが知っている。ぼくに、手紙が届《とど》くようにしてくれるはずだ。

あたしは返事を書いた。

ジャックへ、

あたし、クリスティーンの花びらとラブレターを一通なくしちゃった。

マーリー

ボビーに、いっしょに仕事場にいかないかと誘《さそ》われた。フェザーも連れていって、ぼくが働いてるあいだは、遊ばせておけばいいよ。昼間、フェザーに会えないと寂《さび》しくてね。顔さえ見られればいいんだ。明日、いっしょにこられそうなら弁当を用意するから。そうボビーはいった。いいよ、とあたしがいった。

家に向かって歩きながら、あたしはふと考えた。ジャックはずうっと長いあいだ遠くにいたんだよね。あたしを連れて仕事にいきたいとは、思わなかったのかな。昼間、あたしに会いたい、あたしの顔を見たいとは、思わなかったのかな。

家に帰ると、ママがフロントポーチにすわりこんでいた。顔をあげたママは、泣いていた。それであたしはママに駆《か》けよった。パパやバッチーのせいだと思ってかっとなりかけたら、ママはクリスティーンの手紙を差しだした。封筒《ふうとう》はちょっと汚《よご》れていて、なにかがしゃぶったような跡《あと》がついていたけれど、手紙も花びらも無事だった。

ママは目をぬぐった。「裏庭の、木の下に落ちていたの」

あたしは手紙をお尻のポケットに入れて、ママの隣《となり》に腰《こし》をおろした。そして、自分がママとそっくりなすわりかたをしているのに気づいた。前かがみになって。

そしたらママがいった。「あなたのママのこと、とっても好きだった」

あたしはうなずくと、ママによりかかった。よってくるハエを追いながら、通りすぎる車をふたりで見ていた。

翼《つばさ》

昨日の晩、あたしは夢《ゆめ》をみた。知ってる人みんなに、翼がはえていた。ママとパパは大きくて青い翼。バッチーのは緑。フェザーのはオレンジ色の小さな翼で、羽ばたくとハミングバードみたい。ボビーとシューギーは、たがいの翼を糊《のり》づけしようとしている。糊でうまくつくなんて、思っていやしないくせに。

でもあたしは、翼もなしに、離陸に備えて待機してる飛行機のてっぺんにすわっていた。あたしは、ほかのみんなに猛烈《もうれつ》に腹を立てていた。だって、みんなはいつだって飛びたいときに飛べるじゃない。そしたらみんな口々に、翼なんて、思っているほどいいものじゃない、といった。パパは、映画を観るときも真ん中のいい席にはすわれないしな、とぼやき、ママは、事務所ではほんとうに邪魔《じゃま》なのよ、といった。

目が覚めたとき、あたしはほほえんでいた。

ボビーの家のバスルームのタイルには、黄色いアヒルの模様がついている。フェザーは、ボビーにお風呂に入れてもらいながら、アヒルを指さして鳴き真似をする。

あたしはトイレの蓋《ふた》をおろして腰《こし》かけ、フェザーのお風呂が終わるのを待っていた。待ちながら、ボビーがバスルームのバスケットに入れているお話の本を読みはじめた。

そのとき、思いだした。

その女の人は、ずっと歌をうたっていた。あたしがたらいのまわりに泡《あわ》をはねかしてるあいだじゅう。あたしはフレーズごとにその人を見上げ、声を立てて笑い、さらに泡をはねかした。じきにふたりとも、泡だらけになった。女の人がもっと大きな声でうたっていると、突然、泡だらけで濡《ぬ》れそぼった犬があたしといっしょにたらいのなかにいた。あたしは笑いながら、その犬の名前を呼んだ。

「ボーイ、ボーイ、ボーイ……」

ボビーは、ヘヴンで九十六年間農業をしてきた人のために、町の外の広告板に絵を描《か》いている。そのお年寄りの話では、この町がとても好きだから、この町にプレゼントをしたいんだって。

ボビーが広告板を描きはじめて、もう二、三週間になる。広告板は、昔その人が雌牛《めうし》を放牧していた丘のうえにある。いまでは、昔の思い出に庭先で、雌牛を二、三頭飼っているだけ。

フェザーをチャイルドシートにすわらせて、暖かい朝の空気のなかを出発した。

ボビーがいった。「こんな朝は、もといた街《まち》も家族も懐《なつ》かしいとは思わないな」

それまでボビーは家族のことをほとんど話したことがなかったから、あたしはちょっと驚《おどろ》いた。

「家族の話、あんまりしてくれたことないよね」

ボビーは、町の外へと流れる川のそばでスピードを落とし、母さんアライグマと赤ちゃんアライグマが道を渡り終えるのを待った。「ああ、うん、兄弟が二、三人いる」

「ご両親は？」あたしは、期待をこめてたずねた。フェザーにおじいちゃんやおばあちゃんがいないなんて、両親がいないのと同じくらい悲しいもの。考えただけで、胃《い》が痛くなる。

「う～ん。父と母はいる。ぼくが小さいときに別れたから……両親はいない。マリーとフレッドがいるだけ」

フェザーは、チャイルドシートのなかで眠《ねむ》っている。小さな手には、くちばしがくるんと曲がったぬいぐるみのアヒルが握《にぎ》られている。

「マリーとフレッドがいっしょに暮らしてなくても、気にならない?」

ボビーは声を立てて笑い、玄関《げんかん》ポーチにすわってパイプを吹《ふ》かしている男の人に手を振《ふ》った。

「別々に暮らしているマリーとフレッドがいるだけでも、ほかの子よりずっと恵まれている。マリーは写真家で、フレッドはシェフなんだ。片方は、いろんなところに写真を撮《と》りにいくのにいつもぼくを連れていってくれたし、もう片方は、いつも新しいレシピの料理を試食させてくれた。おもしろい子ども時代だったよ」

「おもしろそうだね」

ボビーはあたしを見て、秘密《ひみつ》めかしたほほえみを浮《う》かべた。いつもこういう笑いかたをする。それであたしは、なにかを見逃《みのが》したような気がしてくる。

「きみは、ここのところどうなの?」

「二、三週間まえまでは、よかったんだけどね」

「ああ、いいたいことはわかる」

ボビーはスピードをあげ、小麦畑のかたわらを、飛ぶように町の外へと向かった。

小さいころ、通りをいったところに住んでいるカルヴァンさんに、庭のバラやシャクヤクを踏《ふ》み荒《あ》らすのをやめないと、みんなまとめて夜の小麦畑に置き去りにするぞ、と脅《おど》されたことがある。あたしたちは後ろで手を組み、うなだれてお説教を聞いた。そしてほとんどの子が、家に帰って、小麦のお化けの夢をみた。

カルヴァンさんには、子どもがいなかった。

パパがそのことをあたしに話したのは、カルヴァンさんがどうしてああいうことをいうのか、わからせようと思ってのことだった。パパはいつも、カルヴァンさんを気の毒に思っているみたいだった。子どもがいなくて、自分の子ではない子どもたちに悪夢を見させるカルヴァンさん。

敷物《しきもの》といっしょに野原に運んでいっても、フェザーは目を覚まさなかった。ボビーは、仕事の道具とピクニックバスケットを運んだ。あたしはフェザーを暖かい日だまりに寝かせて、かすかに寝息を立てている姿を見ていた。ボビーは広告板の後ろから梯子《はしご》を持ってきて、それをすえると、梯子をあがり、絵をおおっていた巨大な布を取り払った。

数秒後、あたしは朝の日射しを浴びて腰《こし》をおろし、自分の夢を目の当たりにしていた……ボビーはいちどだけふりかえると、また秘密《ひみつ》めかしたほほえみを浮《う》かべて、飛行機にすわっている女の人の翼《つばさ》に取りかかった……。

天国《ヘヴン》へのチケット

マーリー、

きみが赤ん坊《ぼう》だったころ、ぼくはよくきみの部屋にいって歌をうたった。ラジオでかかっている歌もうたった。自分でも歌を作って、きみが寝つくまでベビーベッドのそばを離れなかった。それでとうとう、きみは、ぼくが歌をうたわないと寝つかなくなった。

クリスティーンは、感心しないと思っていた。うたうのがぼくでないとだめだったから。どうしたらいいの、とクリスティーンはいった。夜、あなたがあの子のそばにいてやれないこともあるでしょ。仕事のシフトが代わったり、どこかほかのところにいなくちゃいけなくなったり。

ぼくはいつも、そんなのは取《と》り越《こ》し苦労だと自分にいい聞かせていた。いつまでもそばにいられると……。

きみが友達のことを書いてきたのを読んで、きみが家族以外にも家族のような人たちを見つけられたと知り、すこし気が晴れた。きみをひとりぼっちで置き去りにしたんじゃないと、思えたから。

ぼくの兄、つまりきみのパパは、これ以上ないくらいきみを大事に思っている。きみのママも。

ふたりとも、きみのことをとても大切に思っている。でも、そろそろ潮時《しおどき》かもしれない。ヘヴンへのチケットを手に入れることにした。

きみに会うためのチケットを。

じゃあね。

ジャック

公園のそばでジャックからの手紙を読んだとき、シューギーもいっしょだった。手紙には、ヘヴンへのチケットを買ったところだ、と書いてあった……。

シューギーは、どうしてトラックを運転してこないのかな、なんでボーイを連れてこないいんだろう、といった。

「チケットっていうのは、たとえなんじゃない？」

シューギーは、サングラスを額に押《お》しあげると、公園のベンチにもたれるようにして、地面にすわりこんだ。公園には、ほとんど子どもがいなかった。静かだった。

シューギーが、あたしのほうに身を乗りだした。「どんな気分？」

あたしは、町の中心を抜《ぬ》けて、町の外へと向かう道路を見ていた。

心の中で自分にいった。そうよ、そう。マーリー、どんな気分？

どんな気分？

その日の夕方、パパがいった。「おまえ、ジャックがきたら嫌《いや》かい？」

ふたりでカエデの木の下にすわって、日が沈《しず》むのを見ていた。

「誰《だれ》が呼んだの？　パパ？」

パパは、ピクニックテーブルにあがったり降りたりしているリスを、じっと見ていた。

「呼んだのは、ジャック自身さ。おまえに会いたがっている。もうころあいだっていうんだ」

「くるのは、まちがいかもしれないよ」

パパはあたしに腕《うで》をまわした。「正しいかもしれないぞ」


六歳《さい》のとき、あたしは前庭の雪の吹《ふ》きだまりにはまった。いまでも覚えている。学校で熊の絵を描《か》いたんで、それをママに見せたいと思った。紫《むらさき》とオレンジの熊だった。それで、雪がどんどん深くなっていくのに気づかなかった。足がどんどん重くなっていったのに。

結局、あたしは庭の真ん中で動けなくなった。一時間くらい立ち往生していたような気がする。でも、ママがバスローブを羽織って、パパの釣《つ》り用の大きな長靴《ながぐつ》をはいて外に出ていくまで、一分もかからなかったんだって。

あたしの体が温まって、涙《なみだ》の跡《あと》がついた絵も見せおわると、ママは、その絵を冷蔵庫のうえに置いて、あたしを居間に連れていった。ソファーの自分の隣《となり》にすわらせて、だいじょうぶよ、いつでもちゃんと見ててあげるから、といった。パパも見ててくれるから。

パパは仕事から帰ってくると、庭の真ん中から玄関《げんかん》まで道をつけた。あたしは椅子《いす》にすわって、窓越《まどご》しにパパを見ていた。

しばらくすると、あたしは自分が前庭にはまっちゃったことを笑うようになった。あんなに家に近いところで。いまではあたしがいちばん大笑いする。でもいまだに、雪の日は前庭を横切らない。

バッチーが、うちの前の歩道でスケボーに乗ってぐるっと一回転している。ヘッドホンの音楽に合わせて体を動かす。だからあたしは車寄せにすわって、バッチーが自分のいちばん好きなことをしているのを見ている。あたしが見ているのに気づいたバッチーは、にやっとして、それでもまわりつづけている。いかにもあの子らしい。

あたし、バッチーが大好き。

一、二分すると、バッチーはこっちにやってきた。「あれ？　拍手《はくしゅ》はなしかい？」

「あんたの初舞台《はつぶたい》用にとっとく」

バッチーはあたしの隣に腰《こし》をおろし、スケボーをふたりのあいだでいったりきたりさせた。

そしていった。「今日は、ボビーの赤ん坊《ぼう》を見るんじゃなかったの？」

「ボビーが休みを取って、フェザーを定期検診《けんしん》に連れていったの。フェザーは定期検診があんまり好きじゃなくて、大好きなあたしにはそんなことはさせられないんだって」

「そうだよな。この数週間、姉ちゃんはそれでなくてもたいへんだったもんな」

「ん？　あんた、あたしのこと心配してたの？」

バッチーはかがみこんで、じっとアリを見ていた。

「心配なんかしないよ。ときどき、姉ちゃんのことを考えてただけ。ほら、その……」

「血をわけたきょうだいじゃないんだってことをでしょ」

バッチーは車寄せにあおむけに寝《ね》そべり、まっすぐ空を見上げた。

「むかつくなあ」

「ほんと、すっごくむかつく」

ふたりで、むかつきがあたりに漂《ただよ》うままにしておいた。だって、これ以上なにがいえる？

「ねえ、ジャックがあたしに会いにくるんだって。あんた、知ってた？」

こっちを見たときのバッチーの顔ったら、まるであたしにスケボーを川に放りこまれたみたいだった。

「嘘《うそ》だろ？」

「ここに、くるの」

「ねえ、ジャックといっしょにいっちゃったり、しないよね。だって、姉ちゃんはジャックの家族じゃなくて、おれたちの家族なんだから」

「ちゃんと、なるようになると思うよ。そ、……いつかはね」

バッチーはぴょんと立ちあがると、あたしを引っぱって立たせた。「いこうぜ。スケボーの乗りかた、教えてやるよ」

バッチーは家に駆《か》けこむと、ヘルメットを取ってきた。まだ持っていたなんて、知らなかった。バッチーはいつもヘルメットを腰《こし》のところにぶら下げていて、最初のうちはちゃんとかぶりなさいとやいやいいっていたママも、すっかりあきらめていたから。

バッチーは、スケボーに乗ったあたしと並んで、歩道を何ブロックか走った。あたしはほぼバッチーにいわれるとおりに動いたけれど、それでも二回、顔からこけたり、お尻《しり》からこけたりした。二、三分で、町はずれに出た。下り坂だった。数秒後、あたしはスケボーで疾走《しっそう》していた。木や家が飛ぶように後ろにすぎ、犬が二匹、吠《ほ》えている。

それから、どこかの家の広い前庭に寝転がると、とたんにスプリンクラーが水を撒《ま》きはじめた。隣《となり》にはバッチーがいる。

「ふうん、こんな感じなんだ」

バッチーは、スプリンクラーの水を受けようと口を開いた。「ああ、うん。こんな感じ」

「これも人生、ってわけね」

水が降りそそぎ、その家の人たちが居間の窓からじっとあたしたちを見ていた。

バッチーはヘルメットを外《はず》すと、目のうえにかぶせた。あたしは、ヘルメットに水が当たる
ぴちゃ、ぴちゃという音を聞いていた。バッチーのくぐもった声がした。

「うん、これも人生さ」

ヘヴン

ママは、あたしたちはヘヴンを見つける運命《さだめ》だったの、といった。ママが見つけたあのはがきも、あるべくしてそこにあったんだって。ママは運命を信じていて、誰《だれ》も運命をいじることはできないという。

あたしは、あたしの知りあいたちと出会う運命で、起こるはずのない自動車事故でママを失う運命だったんだと思う。ジャックはそれに耐《た》えられなくて、あたしを手放す運命だった。

今朝早く、シューギーとボビーとフェザーが、七月のハロウィンの名残のネコのお面をかぶって、特大の一ガロン入りアイスクリームを下げてやってきた。裏庭にすわって、ハエにたかられながら、みんなでチョコとマシュマロとペカンナッツが入ったロッキーロードアイスを食べた。

誰《だれ》も、ジャックのことは口に出さなかった。ボビーは湖に、フェザーのためにバケツに何杯《なんばい》かの砂を取りにいく、といった。店で買えるようなのはいやなんだ。

シューギーがいった。「さ、ネコちゃんたち、いきましょ」そしてあたしを抱《だ》きしめ、フェザーを車に運んだ。

ボビーは、アイスクリームの最後のひとさじをあたしにくれると、バイバイと手を振《ふ》った。

ママとパパとバッチーとあたしは居間にすわって、夏の物音に耳をすましていた。おしゃべりしようとした。なにも変わらないんだよって教えあおうとした。

パパがジョークをいった。

みんなで笑った。

ママは、仕事場であったできごとを話した。バッチーはママに、仕事場に暇《ひま》すぎる人がいるんじゃないの、といった。ママは「まったくそのとおりなの」といってほほえんだ。

バスターミナルでバスがくるのを待っている赤の他人同士みたいだった。いつなんどき、誰かがほかの誰かに、ちょっとこのアイスティーを見ててもらえませんか、トイレにいってきますから、といいだしかねない感じ。

数分後、みんなくだらないことで大笑いしていたので、誰も、車寄せでドアがばたんと閉まった音に気づかなかった。だから、パパによく似た男の人と、そのそばに立っている犬とが、スクリーンドア越しににこにことあたしたちを見ているのにも、気づかなかった。

天国《ヘヴン》では、うちから電報を打てる店まで一六三七歩。あたしは物心ついたころからずっと、公園のそばを通り、店屋の前を抜け、喫茶店《きっさてん》の脇《わき》を通って電報を打ちにいっていた。すっかり見慣れたものばかり。ジャックに指さして見せるまではね。ジャックは黙《だま》って、ボーイといっしょにあたしの横を歩いている。

あたしはおばちゃんの店を指さして、あそこに寄らなくちゃ、といった。必要な物はなんでもそろうし、ボーイが店に入っても、おばちゃんは気にしないだろうから。

店に入るよりはやく、ジャックは窓越《まどご》しになかを見ていった。「電報が、打てるのかい？」

それを聞いて、あたしはにっこりした。

ボーイは、もう答えを知っていたんだと思う。尻尾《しっぽ》を振《ふ》り、鼻面を押《お》しつけてなかに入ろうとした。

あたしの心のなかのヒリヒリした部分も、いまはもうそれほど痛まないから、電報のことでにっこりできる。それほど時間がたったわけじゃないのに、そんなに痛くない。

もう、痛がりたくない。それだけ。

ママのことや運命《さだめ》のことやパパのことを考えていたい。パパのおかげで、これまでずっとジャックの顔を見ていられたっていうことを考えていたい。

あたしの家族はいまも家族で、肩書《かたが》きが変わっただけ。バッチーは、あいかわらずあたしが大事に思っている男の子、スケボーで人生を駆《か》けぬけている。ママはあいかわらず庭を掘《ほ》っては草木を植えていて、あたしに似た手をしている。そしてパパはあいかわらず、あたしが目を閉じると、その笑顔がまぶたに浮《う》かぶ人。

昨日、ジャックが四月にくれた手紙に書かれていたのが、あたしとクリスティーンだったことに気づいた。ふたりとも、ひまわり模様の長いワンピースを着ていた。ジャックは、あたしがクリスティーンの存在を知るまえから、あたしを生んだ母さんのことを語りはじめていたんだ。

裏庭の川べりで、みんなですわっておしゃべりしながら、あたしはジャックをまじまじと見ていた。ジャックはパパといっしょに声をあげて笑い、ママは、スケボーのせいでバッチーの膝《ひざ》に新しい傷《きず》ができているのを見つけて、首を振《ふ》っている。

ほんの一瞬《いっしゅん》、すべてが暖かく、申し分なかった。ほとんど完璧《かんぺき》。ボビーやシューギーやフェザーといっしょに野原にすわっていた、あの日みたい。この人たちを、これ以上好きになれるとは思えないくらい好き。そう思った。

シューギーだったら、折り紙つきの瞬間ね、といっておいて、たばこに火をつけ、「忘れなさい」というだろう。でもだからといって、シューギーがほんとうのところどう感じているのかは、わからない。ボビーなら「その瞬間こそ、ほんとうなんだ」というだろう。

どちらもそのとおり。

ジャックに聞いた母さんの話……。

クリスティーンは、小さいときから雷《かみなり》が怖《こわ》かった。あたしが生まれたとき、クリスティーンは、そういう恐怖を克服《こくふく》しようと心に決めた。風や稲妻《いなづま》におびえる母親を見ていては、勇敢《ゆうかん》な子は育たない。あたしが生まれて八日目の真夜中、田舎のそのあたりを嵐《あらし》が吹《ふ》き荒《あ》れた。あたしを抱《だ》きあげて毛布にくるみ、表のポーチに運びながら、クリスティーンがどんなに震《ふる》えていたかを、ジャックは覚えている。ポーチのブランコにすわり、あたしに歌をうたいながら、勢いを失っていく嵐《あらし》に立ちむかうクリスティーンの姿を、ジャックは窓越《まどご》しに見ていた。

結局、クリスティーンはあたしを腕《うで》に抱《だ》いたまま、眠《ねむ》りこんだ。完璧《かんぺき》。

ジャックにこの話を教わってからというもの、クリスティーンの夢をみるようになった。ひまわりの夢や、しゃべる菜食主義者の犬の夢もみる。クリスティーンの夢をみるのがとっても好き。クリスティーンに、あたしは家のすぐそばをうねって流れる川が大好きだと、知ってほしい。

その川のそばであたしを育ててくれた人たちが大好きで、ついにあたしのところに戻《もど》ってきて、ずっとまえから聞きたかった話をしてくれた人のことが大好きだって。

胸の痛む話や、自分のなにかをまた失っちゃうんじゃないかと怖《こわ》くなるような話があるかもしれない。でも、クリスティーンには知ってほしい。あたしみたいな子にとって、ヘヴンでの暮らしはすばらしいんだということを。

訳者《やくしゃ》あとがき

「子どもが、自分はどこかからもらわれてきたわけではないと確認したくなるときが、かならずといっていいほどやってきます。わたしの場合、それは九歳《さい》か一〇歳くらいのときでした」

この本の作者であるアンジェラ・ジョンソンは、あるインタビューのなかでこう述べていま す。親とのあいだがぎくしゃくしたときなどに、ふと、自分と親とは血がつながっていないのかもと考えて、ひんやりしたものを感じたことのある人はひとりではないはずです。子どもにとって、親との関係はそれほど見えやすいものではありません。ましてや、じつはあなたは養子だったと聞かされたなら……。

この本の主人公マーリーは、一四歳《さい》になるまで、両親の愛情に包まれてのびのびと育ってきました。ところが突然、いままで自分の親だと思っていた人たちは実の親ではない、と告げられます。これまでの生活は、大きな嘘《うそ》の上に成り立っていた。それならあの楽しい日々はなんだったんだろう。自分はどういう人間なんだろう。これから先、どういうふうにしていけばいいんだろう。マーリーは、さまざまな疑問に押しつぶされそうになります。

もしもわたしがマーリーの立場だったら……。そう考えただけでもめまいがしそうなできごとなのに、この本を読み終えたわたしの心はほんわりと暖かく、のびのびと素直なマーリーの姿だけが残っていました。そして今も、マーリーはわたしのすぐ隣にいるようですし、このお話のいくつかの場面は、そのまま大切な宝物となっています。

アンジェラ・ジョンソンは、この作品で二度目のコレッタ・スコット・キング賞（アメリカの非白人が書いた児童文学に与えられるもっとも権威《けんい》のある賞）を受賞しました。二〇〇四年には、マーリーの友達ボビーを主人公にした作品で三度目のコレッタ・スコット・キング賞を受賞していて、その作品の翻訳《ほんやく》も、九月に小峰書店から出ることになっています。

一九六一年にアラバマ州で生まれたジョンソンは、家族とともにオハイオ州に移り住み、ほぼすべての教育をそこで受けました。小学校の先生の語り聞かせをきいて、本のなかの人々が自分の隣《となり》に座っているような気がしたことから、さっそく家の人にねだって日記を買ってもらい、それ以来文章を書き続けているそうです。高校のころは、カミソリの歯のネックレスをつけて、誰《だれ》もわかってくれなくていいと思いながらパンク調の詩を書いていたけれど、やがて、読んでくれた人みんなに伝わるようなお話を書きたいと考えるようになりました。

でも、自分が作家だと思えるようになったのはごく最近のことだといいます。ジョンソンは、今もオハイオ州のケントにひとりで暮らしていますが、本を書きはじめると、主人公たちが「ドアを蹴破《けやぶ》って入ってきて、冷蔵庫のものを食い散らし、ソファーでゴロゴロして、わたしの洋服を着、わたしの靴を履《は》いて歩き回る」のだとか。ですから、この作品を訳し終わったわたしのそばにいつもマーリーがいるような気がするのも、当然のことなのかもしれません。

さて、コレッタ・スコット・キング賞を受賞したことからもわかるように、作者は白人ではありません。しかし、その「詩的な散文」は、人種を超《こ》えて高く評価されています。この作品でも、マーリーという少女やちょっぴり不思議なヘヴンという町に住む人々を、天使のように軽やかでいてぴりっとした文章で生き生きと描いていて、それがこの本のいちばんの魅力《みりょく》になっています。この作品は、人種に関係なくすべての読者の心に強く響《ひび》く物語なのです。マーリーとその家族は黒人ですから、もちろんアメリカの黒人を取り巻く状況《じょうきょう》と無縁《むえん》でありません。ですが、作者は「黒人」であることをことさら強調してはいません。

そうはいっても、作者自身の考えをうかがい知る助けにもなると思いますので、あえて最後に、いくつかの事柄《じこう》を簡単《かんたん》に説明しておきます。

主人公の名前は、文中にもあるとおり、ボブ・マーリーというミュージシャンに因《ちな》んでいます。一九四五年にジャマイカに生まれ、一九八一年に三六歳で夭逝《ようせい》したボブ・マーリーは、キング・オブ・レゲエとも、二〇世紀の第三世界最大のスーパースターとも呼ばれていて、黒人としての自分にこだわった人でもありました。

また、「南部の教会焼き討ち事件」というのは、一九六〇年代に南部でかなりたくさんの黒人教会が焼き討ちされたことや、それに似た事件がその後も起きていることを指しています。最近では、二〇〇六年二月にアラバマ州で、立て続けに教会焼き討ち事件が起きています。

マーリーが部屋の壁に貼っているポスターは、南部黒人の伝統に根ざして才能を開花させ、いくつもの作品を残した先駆的な女流黒人作家、ゾラ・ニール・ハーストンのものです。一九〇一年にフロリダ州イートンヴィルに生まれ、一九六〇年にやはりフロリダ州で貧窮《ひんきゅう》のなか亡くなったゾラを、名だたる黒人女流作家たちは、「文学上の母」と呼んでいます。

二〇〇一年二月にオハイオ州の本屋の棚で出会ったすてきな女の子マーリー・キャロルを、こうして日本のみなさんに紹介することができて、ほんとうに嬉しく思っています。

最後になりましたが、マーリーを日本のみなさんに紹介するチャンスをくださった小島範子さんと、訳者の質問に快くすばやく答えてくださった原作者に、心より感謝いたします。

冨永　星

アンジェラ・ジョンソン（Angela Johnson）

1961年、米国アラバマ州生まれ。オハイオ州のケント州立大学を卒業直前に中退。

子どもに関わるさまざまな仕事をしながら、作家を目指す。

シンシア・ライラントの息子のベビーシッターをしたのがきっかけで児童文学に目覚め、
1989年以降、子ども向けの絵本、詩、物語を多数発表。

子ども向けの初の物語“Toning the Sweep”、本書『天使のすむ町』、

“The First Part Last”（今秋刊行予定）で計三回コレッタ・スコット・キング賞を受賞。

“The First Part Last”は、2004年度マイケル・L.プリンツ賞も受賞した。

日本で紹介されている作品に、『クール・ムーンライト』（あかね書房）がある。

現在は、オハイオ州ケントに在住。

訳者紹介
冨永　星（とみなが　ほし）

京都生まれ。京都大学理学部数理科学系を卒業。国立国会図書館司書、
イタリア大使館のイタリア東方学研究所図書館司書、自由の森学園教員などを経て、
現在は一般向け数学啓蒙書、児童文学などの翻訳、紹介に従事。
主な訳書に『数学ができる人はこう考える』（白揚社）、『うそつき』（ポプラ社）、
『天才ネコモーリスとその仲間たち』（あすなろ書房）、『素数の音楽』（新潮社）、
『少年アメリカ』（日本評論社）などがある。

天使のすむ町 Y. A. Books

2006年5月23日　第1刷発行　　2008年9月11日　第5刷発行

作・アンジェラ・ジョンソン
訳・冨永　星
装画／装幀・中嶋香織
発行者・小峰紀雄
発行所・（株）小峰書店
〒162-0066 東京都新宿区市谷台町4-15
電　話・03-3357-3521
ＦＡＸ・03-3357-1027

組版／印刷・㈱厚徳社
製本・小高製本工業㈱

NDC933
ISBN978-4-338-14416-2　175p 20cm
http://www.komineshoten.co.jp/